상상 그 이상의 자유

× 박태민 소설 ×

맑은샘

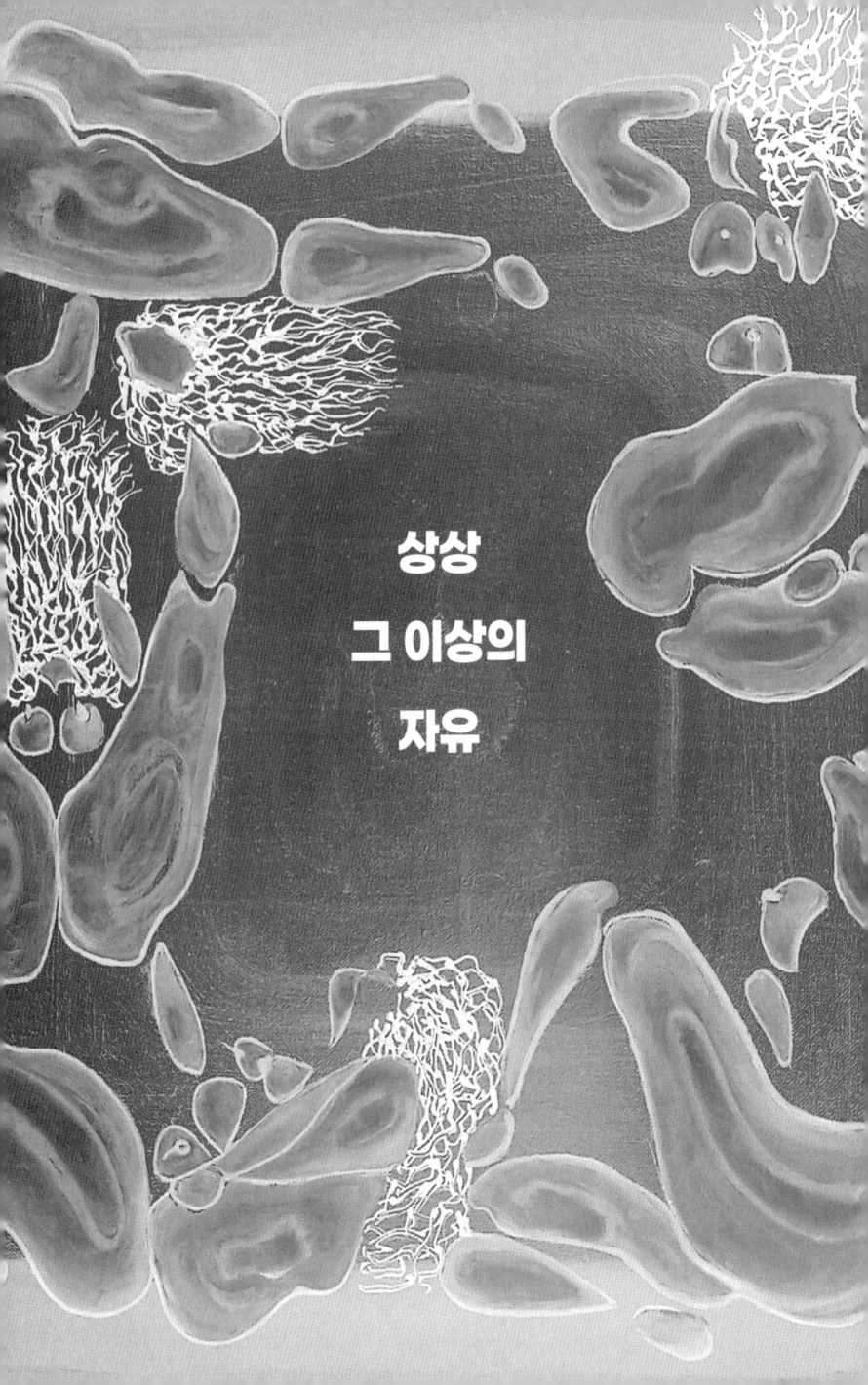

추천사

시인 정윤서

《상상 그 이상의 자유》는 인터페이스(interface)다. 하이브리드(hybride)적 요소가 내재되어 있다. 저녁과 아침, 밤과 새벽의 시공간으로의 초대이며 인간이 지나온 행성과 지나갈 행성, 지나가지 못할 행성과 지나가고 싶은 행성을 그린다.

본격 문학과 웹 소설의 합체를 보는 듯한 유니크(unique)함이 내포된 박태민 작가의 작품은 시적 메타포가 함의된 시소설과 웹 소설의 측면을 드러낸다. 연극적 시퀀스도 느껴지는 작품이다. 소설에 시를 입혔다. 소설이 연극을 하고 있다. 소설에서 만화적 느낌을 찾을 수도 있겠다. 한강의 《흰》처럼 단상이 겹겹으로 이어지는 동시에 성(sex)에 관한 이야기가 소설 전반을

관통하고 있는데, 그것은 현대인의 성에 대한 도취와 환멸 같은 것이다. 이 소설에 등장하는 다양한 페르소나(persona)가 표징하는 것은 파토스(pathos)와 함께 개인적 문제가 어떻게 인간의 보편적인 문제와 사회적인 문제로 발화되는지를 보여주는 것이다. 그 속에서 개인적이고 집단적인 통찰이 재생산되면서 시니컬(cynical)이 배가된다.

박태민의 작품에서 표출된 성 담론은 인간이 꿈꾸고 싶거나 꿈꾸고 난 뒤 잊어버렸다고 생각한 부분이 무의식과 자의식에 잔존하며 생의 지배자로 군림하는 것을 인식한다. 자! 이제, 재현된 인터페이스의 기억저장장치를 통해 성적 판타지의 공간으로 들어와 보겠는가? 이 소설은 익명성을 담보한 나비와 도색가, 심거, 툴툴, 쮸쮸, 커플링22b, 판도라, 동방제일검, 눈깍지, 남주나, 넘겨마, 똥퍼, 로또, 감별사, P-NP 등을 소환한 인간의 고독과 존재론적 본질에 관한 서사이다.

이 작품에 등장하는 인물들과 성격적 특질은 현대

사회를 구성하고 있는 인간군상의 메타포이다. 박태민의 소설이 감각적으로 제시하고 있는 것은 생의 철학적 주제와도 직·간접적으로 연결된다. 작품 속 파편화된 다양한 페르소나(persona)의 카섹시스(cathexis)는 소설의 활력을 더하고 있다.

박태민의 소설은 얼핏 가볍게 느껴질 수 있지만 함의는 가볍지 않다. 최근의 한국 현대문학의 특질인 '장르 붕괴적 속성'을 내재한 이 소설을 통해 세대를 초월한 성(sex)이라는 생의 본질적 문제를 '공중변소'가 '폰'으로 변환된 것에 불과하다는 시니컬한 인식 또한 주목해 본다. 하나의 여우가 사라진 자리에는 또 하나의 여우가 탄생하고 그것은 지구의 자전과 공전처럼 인간과 사물을 지배하는 '상상 그 이상의 자유'로 연결되는 터미널을 만들었다. 결론적으로 박태민의 소설은 한국 현대문학의 특징인 장르붕괴적 경향이 느껴지는 불가역적 소설로 읽힌다. 《상상 그 이상의 자유》를 집필한 박태민은 조각가로도 활발하게 활동 중이다.

꿈을 기억하지 못하더라도 푹 자야 아침이 맑다.
억눌렸던 성을 담론으로 이끌어낸 논객들에게 이 소설을 바친다.

와쵸 박태민

×××

저녁.

낡은 인터페이스 캡슐 안에 여우 한 마리가 살고 있다. 날이 어두워지자 달과 별만이 세상을 밝힌다. 잠시 하늘을 바라보던 여우가 캡슐 안으로 들어가자 카페가 나온다.

×××

카페 안에는 적당한 크기의 바가 중앙을 가로지르고 있다. 가운데 두 개의 원이 겹친 스크린이 있지만 지금은 보이지 않는다. 그 주위에도 보이거나 보이지 않는 주름막이 있고 알 수 없는 복도도 존재한다. 카페 안에서는 여우들을 한 번에 눈여겨볼 수 없다.

바 중앙에서 벗어난 어느 자리. 스탠드에 나비와 도섹가가 앉아있다. 심거라는 이름의 여우가 나타나 의자에 걸터앉는다. 꼬리 없는 심거가 말한다.

"여기가 그 유명한 여우 카페였어?"

어두운 곳에서는 벌거벗은 여우들이 뒹굴고 있다. 나비와 도섹가가 심거를 흘깃 보고 서로 말한다.

"존경심이 부족해."

"겁을 상실했어."

"꼬리도 없군."

"맛을 못 본 거지."

"……"

"……"

"왜 말이 없어."

"그러지 말고 시작해 봐."

"내가 뭐라고 한 거야?"

"내가 또 말해야 해?"

나비가 주머니에서 말을 꺼낸다. 나비 말은 아니다.

눈도 못 뜬 아기야
여기, 엄마한테 오렴
아빠가 안아줘야지
퍼런 물똥이나 닦아 주마
탁탁 툭툭 됐니?
애들은 가라

도섹가도 안주머니에서 말을 꺼낸다. 도섹가 말도 아니다.

아냐,
지금은 낯설기만 하지만
찾는 것은 찾을 것이 분명해
무엇을 찾던
이야기는 같아지니까

나비와 도섹가 합창하듯 말한다. 그들의 말도 아니다.

너 암컷이니?
너 예쁘니?
너 생리는 해?

심거 나간다. 나비와 도섹가 서로 말한다.
"그냥 가버렸네."
"여기가 어딘지 몰라서 그래."
"쓸 만해 보이는데……."
"다 그런 거야."
도섹가 뒷주머니에 말을 꺼낸다.

권태로운 변태들이
꼬리를 올려
냄새 지리는 곳
수치심마저 꺼내어
무엇을 찾고 있는지

호기심이 한심해

나비와 도섹가 서로 말한다.
"네가 한심한 거야, 내가 한심한 거야?"
"모두를 한심하게 만드는 거지."
"우리도 처음에는 그랬어."
"나는 아니야."
"정말?"
"여기가 어딘지 몰랐을 뿐이야."
"그것 봐."
"……"
"……"
"암컷이면 좋았는데."
"이름에 성별이 없어."
"목마 슈즈 꿀벅지 초코 나부 도끼 또야 애니 북숭아 요플 이맛 구멍 MD. 이 중에 암컷은 누구?"
"그래, 모르는 게 약이야."
"나는 척 보면 다 안다."

"그게 암컷으로 만드는 거야."
"그럼 암컷이 맞아."
"그게 암컷이 돼."
도섹가 주머니에서 말을 꺼낸다.

다시 말해 봐
덜떨어진 아이라도
말을 걸어봐
가고 나면 이렇게
아쉬운 이야기가 되지

바에 앉은 여우들 노래한다.

온다 온다 간다 여우야
나처럼 뒤집고 치마를 흔들어
간다 간다 온다 여우야
너처럼 실룩실룩 꼬리를 흔들어

×××

바 어느 자리. 눈깍지가 한숨 쉬고 있다. 눈깍지 꼬리가 넷이다. 눈깍지 말한다.

"누군가 같이 있어 줬으면 좋겠어요."

뒤로 유채꽃이 보인다. 눈깍지 젖가슴이 보일 듯 말 듯 하다. 눈깍지 말한다.

"당신을 보고 싶어 무작정 걸어갔어요. 내가 가는 길이 당신이 기다리는 길이 되는 거예요. 송악산, 산방산, 사려니숲길, 바람이 불어요. 돌 틈 사이마다 바람이 불어요. 음, 음, 나를 쫓아다니지는 말아요. 당신 때문에 오르가슴 느끼면 나는, 나는 책임 못 져요."

남주나 다가와 주머니에서 말을 꺼낸다.

이런 젠장, 혀끝에 묻어나게
손바닥 닳도록 핥고 또 빨련만

눈깍지 말한다.

"내 앞에 기쁨이라면 놓고 가세요. 그렇다고 남기지 말아요. 남기는 여우를 싫어한답니다."

남주나 말한다.

"가려고 하니 넘겨마가 눈에 앞서서……."

눈깍지 말한다.

"남주나 님은 말하고는 다르네요. 찾을 용기가 없어요."

여우들 다투어 말한다.

"저는 용기로만 삽니다. 부디."

"쪽지 날아갑니다."

"인증 보냈습니다."

나비와 도섁가 서로 말한다.

"너도 보냈니?"

"보냈겠지. 너는?"

"보냈겠지."

"그렇다고 네가 그래서는 아니야."

"아이고, 쬐나. 흔적이나 있겠어."
"상관없어. 기억은 만나게 되라고 있거든."
"너와 나처럼 같이 있어도 안 돼. 그걸 알아야 해."
"말로는."
"그래, 말로는."

눈깍지 말한다.
"도시가 초원으로 변하는 순간, 매연이 향기로운 바람으로 바뀌는 순간, 소음이 새들로 지저귀는 순간, 기다리는 시간도 너무 아까워요. 사랑하는 그이와 커피 마시는 시간, 사랑하는 그이와 초원을 거니는 시간, 100년도 너무너무 짧아요."
눈깍지 격식 있는 정찬 사진을 보여준다.

여우 창문에 번개가 치면
님들의 눈길에 소심해져도
카페에 들어선 귀염둥이
어쩔 수 없어 초대하지요

올리브로 버무린 야채 모짜렐라
강아지처럼 핥아먹는다면
샤토브리앙 샬롯 소스
피 냄새가 살짝
내 어디를 베어준다 한들
콧노래가 절로 나오는데
그만한 욕구가 어디 있겠어요

여우들 다투어 말한다.
"저를 사육해 주세요."
"저를 도축해 주세요."
"제 뱃살도 맛있습니다."

나비와 도섹가 서로 말한다.
"부럽지?"
"개뿔!"
"너도 환장하잖아."
"스테이크는 소금 맛이야. 땀에서 나는 짠맛이 페르

몬 저리 가라지. 오줌처럼 찝찔해도 혀가 환장하고 덤벼. 남주나가 알까?"

위치가 다른 바 어느 자리. 눈깍지 말한다.
"저는 사랑하는 이를 위해서만 요리한답니다."
그 밑에 여우들이 모인다.
"……"
"암컷이 요리하겠다고 나서면 뒤가 구려."
"수컷도 구리기는 마찬가지야."
"구린 맛이야 최고지."
"맞아, 구려야 저녁이 오래 오래가."
"3년 묵어 거미줄까지 쳐져야 제맛이지."
"신맛만 나던데?"
"그 맛을 몰라서 그래."
"맞아, 맞아, 맞아. 호호호."
P-NP 나타나 깜박거리는 사진을 보여준다. 사진 속에는 수컷 여우의 손톱, 등 돌린 눈깍지가 매니큐어를 칠해준다.

어떤 여우가 나타나 말한다. 이름은 미녀다.

"오빠 나야."

P-NP 나가자 미녀도 나간다. 여우 일부 미녀를 따라간다.

눈깍지 말한다.

"어머, 아니에요."

P-NP 나타나 말하고 나간다.

"수컷에게 폭력적 행위임. 아니면 암컷 정체성에 대한 욕망. 편향적 취향의 발전 단계. 이럴 때 성적 두려움으로 불감증을 만들기도 함. 눈깍지 님 깊이 정의하여 보시기 바람."

여우들 말한다.

"눈깍지 좋아하면 암컷이 되는 거야?"

"암컷이 일반화되어 있거든."

"암컷이어야 흥분하니까."

"아니, 암컷이라고 선언하면 암컷이야."

시간은 거슬러 오른다. 눈깍지 "우리를 사랑합시다."

라고 말하고 주머니에서 말을 꺼낸다.

  그대 보여준 모습

  나는 항아가 아니에요

  침이 마를 새도 없이

  새침 떼지나 않았으면

  달나라로 갔을 텐데

남주나 주머니에서 말을 꺼내 눈깍지에게 보낸다.

  달그림자에 앉았으면

  항문선을 비벼야지

  다시 따라 해

  털을 고르고 핥고

  한 번 더 꼬리를 쳐

나비와 도섹가 서로 말한다.
"방아로 찍겠다는 이야기지?"

"예의상 날리는 멘트야. 되면 좋고."
"아님 말고."
"아님 말고가 여기라고 예외는 아니지."
"좋은 말이야. 뻔뻔스러워야 해."
"그렇게 말한다고 널 달리 볼 줄 아는가 보지."
"깍지 깍지 또 나왔네."
나비와 도색가 눈깍지를 다시 본다.

위치가 다른 바 어느 자리. 눈깍지 말한다.
"저도 침대에서 뒹굴고 싶고 위로를 받고 싶어요. 그러면 꿈이 한결 가벼워지겠지요? 그 생각을 하면 제가 사랑스럽고 슬퍼요."
여우들 말한다.
"구석구석 훑어주는 대물."
"피아노 조율사 10년째."
"강남 에이스 자원봉사 중."
여우들 속에 카플링22b 말한다.
"오늘 저녁 와인을 입술에 담아봤습니다. 붉게 탄 구

름 속에 침대가 생각나 유쾌했습니다. 제 스튜디오로 오세요. 들려줄 노래가 많습니다."

눈깍지 말한다.

"22b 님, 어떤 노래를 들려주실 거예요?"

카플링22b 말한다.

"상상하고 싶은 상상을 마음껏 하세요. 느끼나요? 어떤 생각이 드나요? 손으로, 손에서 마음을 두드려 보세요. 하나둘, 하나둘 그러면 됩니다. 상상이 뮤직이고 뮤직이 상상입니다. 아무도 당신을 방해하지 않을 겁니다."

여우들 말한다.

"음, 프레디 벽에 칼 긁는 소리."

"음, 누군가 곧 난도질당하겠군."

"음, 장송곡이네."

"음, 누군지 꿈 깨면 죽었다."

"쿵! 쿵! 쿵! - 쿵! 쿵! - 쿵!"

×××

바 중앙. 툴툴 바텐 안에서 나타난다. 그가 손을 들자 카페 천정에 불꽃이 핀다. "어떤 여우가 자위행위 중에 공권력 방해를 받았다고 합니다."라고 툴툴 말한다. 이어서 벽 사이 주름진 곳에서 어떤 칩을 찾아 꺼내고 스크린을 털어 어둠을 걷어낸다.

「님들! 자위권이냐 공권력이냐? 이 사실은 널리 알릴까 해. 다양한 학설과 욕설 기초 사실이 풍부한 공중 변소 있지? 폰으로 바뀌었을 뿐이지. 난 거기서 장차 태어날 후세를 단련하기 위해 열정적으로 미친 듯이 손을 흔들었었어.

10분이 지나고 또 20분, 얼마나 흥분했는지 나도 모르게 벌떡 일어났지. 상대적인 분열, 지구를 날리기에 충분한 에너지를 발산하려고. 그 순간 '똑똑……'

몰상식 극치 무시하고 힘을 주며 몰입했지. 또다시

'똑똑…….' 아! 짜증 왕창! '볼일 봐요!' 소리쳤어. 그랬더니 '경찰입니다. 신고 들어왔습니다.'라는 황당한 답변을 들어야 했어.

그 순간, 용암은 분출하고 손에는 경련이 일고……. 아! 불만, 분노, 자괴. 다 같이 싸더라도 공권력으로 두들겨 대서 품위를 지키기 어려웠고 창피했어. 신고 내용도 확인해 달라며 비웃었어.

이게 범죄냐고? 성기는 삐져서 토라지고 얼떨떨하게 조서를 쓴 손은 굴욕에 빠지기만 했어.

님들, 나 정말 불쌍하다. 억울하고 창피하지만 세상에 널리 알리고 잃어버린 자위권을 찾았으면 해. 공권력에 밟힌 자위권을, 여우의 권익을 위해 이렇게 부탁할게!」

나비와 도섹가 서로 말한다.
"상상이 새 됐어."
"공권력이 상상을 지배하는 거야."
"지식인이 자위도 잘해."

"변소에서 상상은 비위생적이야."

"상상 그 이상이 있어."

"삐지고 토라진 성기를 지키는 공권력의 의지지."

"상상은 어디에서든 발기해."

"그래서 공중변소에도 CCTV가 있어야 해."

"상상을 보겠다고?"

"공권력이 보잖아. 나도 좀 보고."

같은 시간 여우들 다투어 말한다.

"인간 짓이다."

"공권력은 인간에게만 있지."

"천만에, 있다고 믿는 곳에 있지."

"나는 믿지 않아."

"믿지 않은 놈 때문에 공권력이 생겼어."

"믿는 놈은 없고?"

"천만에, 믿는 그놈이 장악했거든."

"여우를 여의도로!"

"성(姓)은 성(姓)으로!"

"거기는 인간들이 사는 데라서 안 돼!"
어떤 여우가 나타나 말한다. 이름은 미녀다.
"오빠 나야. 나, 술이 고파!"
여우 일부 미녀에게 몰려간다.

나비와 도섹가 서로 말한다.
"미녀 또 나왔다."
"이름만 미녀야."
"미녀라는 말은 미녀이기 때문에 쓰게 되는 거야."
"뽀샵 미녀 성형 미녀 애교 미녀 금발 미녀 뒷태 미녀 동안 미녀 멸종 미녀 섹시 미녀 자연 미녀 모태 미녀 건강 미녀 피부 미녀 절세 미녀 청순 미녀 골반 미녀. 이 중에 미녀 아닌 미녀는?"
"내 말이 그 말이다. 진작 그 말 하려고 했는데 잊어버렸어."

같은 시간, 바 어느 자리 똥퍼 말한다.
"너구리 캡슐이 있었어. 한복판에 똥을 누었지. 한참

을 재미 보고 있는데 어떤 여우가 들어오더니 내 앞에 앉아 나처럼 똥을 싸고 뭉개는 거야. 나 참! 생각해 봐도 어처구니없어서. 왜 그러냐고 물어봤지. 그 여우도 마음에 들어서 엉덩이를 대고 비볐다고 말하는 거야. 그 호모 같은 놈이 누군 줄 알아? 감별사이더라니까!"

여우들 나타나 말한다.

"인간에게 써먹자!"

"그래, 여우를 여의도로 보내자."

"거기는 똥보다 입이 더 구려."

"우리가 인간이 되자."

"인간을 쫓아내자."

"너부터 하자."

"……."

"……."

"다음에 하자."

"두고두고 하자."

"여기서 나가면 꿈 이야기지."

"여기로 들어와도 꿈 이야기지."

감별사 나타나 말한다.

"해우소가 뭔지는 아냐? 배설을 근심이라 하여 더럽다 생각하지 않았고 사정은 욕정이라 하여 가려서 배설했단 말이다. 공중변소에서 딸딸이 치는 놈들이 무슨 공권력이야. 그리고 너 똥퍼야, 육갑 떨지 마라."

똥퍼 말한다.

"똥이 더럽다 하여 휴지로 닦아도 똥구멍이야. 공권력도 먹는 게 많은데 똥은 안 싸나? 감별사야, 고상한 척 마라."

감별사 말한다.

"너 같은 애가 이야기를 똥으로 만든다는 거다. 알아들었니?"

똥퍼 말한다.

"그게 어때서? 배설도 못 하는 이야기는 이야기도 아니지. 그걸 보면 내가 너보다 많아서 다행이다."

감별사 말한다.

"구멍이 많아 이리저리 흘리고, 아이고, 더러워."

똥퍼 말한다.

"감별사야 하나지? 똥구멍 입하고 같이 쓰는 말미잘 수준이지. 벌써부터 입에서 구린내가 풍겨."

여우들 말한다.

"화장실 휴지 말이야. 정치면이 제일 잘 닦인데. 그런 이야기 아냐?"

"지금도 신문 보는 여우 있어?"

"폰으로 닦을 수 없어서 그래."

"맞아, 설사는 스포츠가 제격이고 변비에는 정치가 제일이지."

"맞아, 똥 싸면서 보면 기사도 달라."

"맞아, 욕하면서 보면 힘도 덜 들어."

"신문이 남아도는 이유가 욕하는 데 도움이 되라고 있는 거야."

"맞아, 그런 때나 신문이 필요하지."

"맞아, 신문의 힘이지."

"차라리 없애."

"공권력 때문에 안 돼."

"화장실에서는 꼭 필요한데."

"그래 신문 용도를 바꾸자."

녹희산 말한다.

"감별사 감별이 으뜸이요. 똥퍼의 똥질이 고수니 이길 자가 드물겠소. 서로 고금을 넘나드니 감별사가 없고 똥퍼가 없으면 카페 안에 뭐가 남겠소. 현학 하는 대가리도 굳이 티 없는 듯 행하는 바이나 어찌 얼굴만 보고 할 것이며, 득도한 가랑이도 저잣거리에서 농을 짓는데 어찌 양물만 놔두고 하겠소. 얼굴이 잘난 듯 거기서 거기요, 그까짓 까진 것 더 깐들 뭐 하겠소. 내 속에 들어온다면야 받아주련만 재주가 내 분에 넘치고 남으이. 그래도 듣는 이 섭섭하면 녹희산으로 찾아오소."

감별사 말한다.

"피 튀기는 논쟁에 끼고 싶지? 주둥이가 근질거린다는 것을 내 익히 알고 있었느니라. 아서라. 입술을 사포로 문지르고 눈깔에 심을 박는다고 다는 아니다. 내 녹희산 찾아갈 터이니 목욕재계하고 기다려라."

녹희산 말한다.

"수고했다. 멍청이 사이에 그래도 쓴 말이 제법이구나. 귀신 씻나락 까먹는 소리에 발끈하니 네 돌대가리도 머리가 들어 있었던 모양이다. 네가 개차반을 따질 때 난들 황진이가 되어 팬츠는 못 벗겠느냐. 어쨌든 그 정신으로 정진해라. 여기 아니면 어디서 그런 행세를 할 수 있었겠느냐. 그래도 지루했을 때 어릿광대 같은 놈은 너뿐이었던 것 같다. 조금이라도 웃게 해줘서 고맙다. 병신 짓을 떨어도 세상은 지나가지 않겠냐?"

도섹가 끼어들어 말하고 나간다.

"똥 싸는 놈보다 엉덩이 까는 놈이 더 세."

나비 끼어들어 말하고 나간다.

"아서라. 넌 끼었다 하면 압사당하겠다."

똥퍼 말한다.

"미친년 사타구니에서 똥통에 빠진 놈아. 뭘 또 시비를 거는 거냐? 알고나 해야 내가 덜 쪽팔리지. 똥물에 뛰길 놈!"

눈깍지 나타나 묻는다.

"무슨 이야기 했어요? 분위기 파악이 안 돼요......."

동방제일검 말한다.

"이러다 여우 카페가 없어지지."

눈깍지 말한다.

"폐쇄하면 누구 거예요? 내 자리도 하나 만들어 준다고 했는데요."

동방제일검 말한다.

"공권력이 차지하지."

남주나 말한다.

"눈깍지, 똥퍼에게 넘어간 거야?"

눈깍지 말한다.

"그건 좀. 음, 음, 모두가 사랑스럽고 행복해 보여서 슬펐어요. 내가 그런가 봐요."

감별사 말한다.

"나도 슬프다. 똥퍼가 있어 슬프다. 아! 슬프다. 병신 쯧쯧!"

똥퍼 말한다.

"이제 너도 할 말이 별로 없는 게구나. 그래, 내 보던 야동 잡지나 줄 터이니 밑구멍에 가린 똥이나 훑어가며 하나하나 읽어라."

여우들 묻는다.

"누가 더 세?"

"누가 더 더 지려?"

"누가 더 더 더 망가졌어?"

감별사 말한다.

"병신에게 갖다 붙이지 말라. 쪽팔린다."

똥퍼 말한다.

"아따, 비교하면 섭섭하네."

눈깍지 말한다.

"우리 다 같이 모여서 한잔해요. 노래도 불러요."

녹희산 말한다.

"다 잊고 술 한잔하소. 옥산도 가고 조석으로 찬바람 드나드니 까마귀만 울어도 죽은 님 돌아올까 문도 못 열어보고 가랑이가 축축해진다오. 아랫도리에서 대추는 못 꺼내더라도 술은 한 잔 따르리라."

나비 나타나 도섹가를 부른다.

"섹가야, 우리 술 얻어먹으러 가자."

도섹가 나타나 말한다.

"이 쪽지 보이냐?"

도섹가 앞에 감별사 쪽지가 있다.

「젠장! 개떼처럼 달려들어 소름이 돋네. 너 이년아! 너도 나하고 맞창 내자. 연락해라.」

여우들 움직인다.

다른 시간 카페 외진 곳 감별사 혼자 말한다.

"옛적 선비는 세배를 받으면서 동전을 주지 않았다. 봉투를 주었느니라. 똥퍼야, 너 무릎 꿇고 내가 주는 삼자훈(三字訓)을 꺼내 읊어봐라. 이것을 머리맡에 두고 조석으로 삼배를 올려야 되느니라. 자, 잘 들어라. 첫째, 나에게 배워라. 둘째, 무조건 반성해라. 셋째, 병신은 병신답게 살자. 이 말을 명심해라."

감별사 지나가는 여우에게 말한다.

"아이고 졸립다. 삼락(三樂) 중에 먹고 싸는 게 제일이다. 도색가는 어디 있고 똥퍼는 어디 가서 죽었냐?"

감별사 멈춰 선 여우에게 말한다.

"옛날에 금보다 은이 귀했던 시절이 있었다. 침묵은 금, 터진 입은 은이라. 터진 입들이 없구나."

감별사 쳐다보는 여우에게 말한다.

"앙급지어(殃及池魚)라 똥통에 똥퍼가 없다면 너희 여우들은 다 죽었다."

감별사 지나가는 여우들에게 손가락질하며 말한다.

"여기 주둥이에 암 걸린 놈뿐이냐? 모두 상 병신일세."

녹희산 지나가다 말한다.

"오늘도 하루가 저무는구나. 앙앙거리는 게 유치원 문턱은 넘었으나 서당 개 풍월에조차 휘둘리니 대가리가 분명 안 따라주는 게구나. 밑천이 박하니 욕부터 씨불일 수밖에."

똥퍼 나타나 말한다.

"조용히 살려고 했더니 다구리 치냐? 내 똥물에 찍어 되돌려 보낼 터이니 맛이나 한번 봐라. 고향 냄새가 물씬 풍길 거다. 자, 쪽지 간다. 얼마나 갔는지 열심히 세어보거라. 일, 이, 삼, 사, 오, 육, 칠, 빨구 하면 썹이오. 으허으허 으허허~. 그다음이 네 똥구멍이다."

감별사 여우들이 가기 전에 서둘러 말한다.

"제대로 배우지 못한 놈들은 더러운 개돼지 습성이 있다. 이런 놈들을 몽둥이로 타작하면 맛이 더 좋더라. 그리고 그 옆에 팔짱 끼고 침 뱉어가면서 구경하는 놈들도 들어라. 삐기도 모르는 병신들. 쯧쯧."

바 안에서 툴툴. 벽 사이 주름진 곳에서 어떤 칩을 찾아 꺼내고 왼쪽 스크린에 맞춘다.

「당신이 본 것은 말하되 이곳에서 본 것을 말하지 마라.

당신이 본 것은 기억하되 이곳에서 본 것을 기억하지 마라.

당신이 본 것은 알아도 되나 이곳에서 본 것을 알리지 마라.」

P-NP 나타나 말하고 나간다.

"여우 카페 튜닝 캡슐."

어떤 여우가 나타나 말한다. 이름은 미녀다.

"오빠 나야. 왜 그냥 가?"

여우 일부가 미녀에게 간다.

P-NP 나타나 말하고 나간다.

"알았다. 술 사줄게 나와."

미녀 말하고 나간다.

"대박이다!"

여우 일부들 같이 나간다.

숨어있는 xxx 여우 말한다.

"소리가 들리지?"

남아있는 여우들 말한다.

"내가 본 것은 없어."

"판단은 내가 하는 게 아니야."

"이것도 공권력?"

"우리 나가자."

"카페 하나 더 만들자."

"셀럽은 누가 되는 거지?"

"깨우지 말자."

"그래, 그래."

"……"

"……"

"인간 짓이 분명해."

"근데 튜닝 캡슐이 뭐야?"

P-NP 나타나 말하고 나간다.

"여우의 욕구를 카페 안에서 빠르게 느낄 수 있다면 카페 밖에서도 욕구를 빠르게 해결하도록 만드는 최적 캡슐."

"……"

"……"

"쟤 어디 사는 애야?"

"툴툴이 아무것도 하지 말랬잖아."

"쟤 튜닝 캡슐에 넣고 돌리자."

P-NP 나타나 말하고 나간다.

"개가 개소리 절대 비꼬지 말 것."

여우들 말한다.

"애, 성질 더럽다."

"애, 일찍 숟가락 놓겠네."

나비와 도섹가 서로 말한다.

"우리도 오래 있었다."

"그래 오래 있었어."

"또 보자."

"또 보자."

"언제…… 말해줄 수 없는 거지."

"있으면. 그렇다고 재미없으면 안 되는데……. 시비나 걸어라. 무슨 말인지 알았지?"

"넌 너에게 말하고 난 나에게 말하는데 뭘."

"그래도."

"그래 한 번 더 하자."

"그래 한 번 또 하자."

×××

바 어느 자리. 카플링22b가 머무는 조그만 스튜디오. 시간은 뒤로 흐르고 공간도 왜곡되자 안과 밖이 분리된다. 판도라가 보인다. 이제 막 과거가 된 카플링22b 말한다.

"맞습니다. 다음 노래는 Jessi Colter의 〈I Hear A Song〉입니다. 우리는 외로운 싱어입니다. 혼자 부르는 노래는 쓸쓸해지지만, 위안을 주기도 합니다."

그보다 앞서 판도라 말한다.

"우린 자신만의 외로운 싱어예요. 그렇다고 말해주세요. 제 맘이 어려서 대답해 주지 않으시면 눈물이 날 거예요."

조금 전 과거가 된 판도라 카플링22b에게 말한다.

"엄마 말이 맞아요. 제 과거를 이길 필요가 없어요. 그래도 누가 저에게 과거, 제 안에 그가 잘 있는지 물어준다면 좋겠어요. 저도 제가 어떤 대답을 기다리고 있는지 알고 싶어요. 노래를 들으면 알까요? 전혀 이길 필요가 없는 과거라면 좋겠어요. 샌프란시스코라면 좋겠죠? 카플링22b 님은 그동안 어떻게 보냈는지 궁금해요."

  며칠 전 스튜디오에서 음악이 흐른다. 카플링22b 말한다.
  "다음 노래는 Bon Jovi의 〈I'll Be There For You〉입니다."
  판도라가 카플링22b에게 말한다.
  "'내일을 약속할 수 있지만 옛날로 되돌릴 수는 없어요. 기회를 주세요.'라는 노래 있나요? 그 노래를 듣고 싶어요. 이 가수 금발에 너무 잘 생겼어요. 그도 사랑하겠죠. 나도 사랑이 스쳐 가는 중 아닐까요, 안타까워요. 내 마음을 다 표현하지 못하는 것 같고 상대가 다 알아듣지 못하는 것 같아서 더욱 그래요. 카플링22b 님은 잘 부르시겠죠?"

카플링22b가 판도라 또는 여우들에게 말한다.

"음악을 들을 때마다 제 미소로도 부족해 고개를 숙입니다."

며칠 전 판도라 카플링22b에게 말한다.

"무미건조하게 화려한 수식어보다 마음에 담은 커피 한잔이 좋아요. 욕망 속에서도 자유로운 영혼은 있어요. 이 커피를 카플링22b에게 보내고 싶어요. 제2의 지구로 말이에요. 호호, 들어보세요. 양자는 시공을 넘어 작용한대요. 그러니 카플링22b까지 보낼 수 있잖아요. 내 말 믿죠?"

카플링22b 말한다.

"누군가 꼭 필요한 이에게 제2의 지구 카플링22b를 상상해 봅니다."

며칠 전 카플링22b 판도라에게 말한다.

"네, 판도라 님 목숨까지 걸 수 있는 처절한 사랑을 하고 싶습니다."

판도라 카플링22b 또는 여우들에게 말한다.

"그러게요. 사랑하다 보면 부족해지고, 사랑을 빼면 시들어 보여요. 사랑이 있으니 행복해요."

카플링22b 말한다.

"내 마음의 자책이기도 합니다."

판도라 말한다.

"제 마음에 제가 없어졌으면 좋겠어요."

며칠 전 노래가 끝나자 판도라 말한다.

"남주나 님 'Curiosity killed the cat!'이라는 말 아시나요. 호호, 호기심뿐이지 정보가 턱없이 나빠요. 님에게 실망감을 드리고 싶지 않았는데 미안해요. 그리고 사랑은 그 자체만으로 행복하게 해요."

더 오래전 스튜디오를 바라보던 판도라 여우들과 말한다.

"가끔은 삐딱하거나 삐뚤어져도 될까요? 항상 똑바로 선다는 것은 벌 받는 것처럼 힘들어요. 부정하고 저

항해도 될까요? 랭보가 무도장에서 보내는 한 철은 얼마나 멋있었을까요. 가슴을 보이며 춤을 추고 싶어요. 보들레르가 하루라도 재워주지 않는 매정한 여우라고 말했어요. 내가 그렇게 보였으면 해요. 지금도 그래요. 벌을 받으면서도 아득하게 먼 곳, 그곳에 있는 어린 왕자를 동경하고 있어요. 서로 얽혀 있지는 않을까요? 은하계 10억 개의 별과 그와 유사한 은하계 10억 개, 그 먼 별에서 저를 바라볼 거예요. 그와 만난다면 과거 현재 미래 동시에 같이하겠죠. 삐딱해지고 싶고 노력할 가치가 있다고 봐요. 그렇지 않고 어떻게 악의 꽃을 상상할 수 있겠어요. 가시 장미로 살고 싶어요."

남주나 판도라에게 말한다.

"꿈꾸던 동경 그런 것 있었어? 있다면 아무래도 내가 만들어 주지. 말해봐."

오래전 카플링22b가 노래를 들려준다. 스튜디오에 앉은 판도라 말한다.

"우린 만난 적이 없죠? 삶이 힘들어지면 떠나야 하나

요? 저에게 눈물을 보여줄 노래는 없나요?"

카플링22b 말한다.

"헤어진 님을 위해 밤마다 어두운 곳에서 서 있었습니다."

옛날 카플링22b 노래를 들려주는데 듣는 이 아무도 없다.

"사랑하는 걸 알고 사랑하면 좋을까요? 모르고 사랑하면 좋을까요?"

더 오랜 옛날 스튜디오를 바라보며 판도라 혼자 중얼거린다.

"혼자서 오르가슴을 느낀다면 얼마나 쓸쓸하겠어. 그래도 전두엽 피질에 혈액이 감소되면서 판단과 행동 장애로 허무하게 '작은 죽음'이 찾아올 거야. 혼자서 웃기나 하고. 아직까지 '작은 죽음'이라고 말해야 하는 것은 마땅한 표현 방법이 없어서 그래. 이것도 수컷들의 바램이겠지. 자기들이 죽였다고 자랑하고 싶은 것 아니겠어. 빙하도 파쇄하고 싶은 맹목적인 사랑, 사랑에 대한 강렬한 믿음 말이야. 가슴이 부서지고 갈증이 아주 뚫려버렸으면 좋겠어. '옥타브 파괴'라고 말한다면 한층 더 어울리지 않을까? 숨을 못 쉴 정도로 안겨봤으면 좋겠어. 온통 새하얗게."

잠깐 사이 가까운 시간으로 돌아온다. 스튜디오 안에서 카플링22b 말한다.

"지금 밖에 비가 내리고 있습니다. 사랑이 그리워지면 비가 내리나요. 비가 내리면 사랑이 그리워지나요. 다음 노래는 Uriah Heep의 〈Rain〉입니다. 비에 젖은 사랑은 우리를 어디로 이끌까요? 판도라 님 감사합니다. 모습을 드러내지 않는 분이 저를 응원해 주시고 계십니다. 그분께 감사드립니다."

판도라와 카플링22b 서로 말한다.

"어머! 누구예요. 저 말고 또 있어요? 아시죠? 농담."

"물론 농담입니다. 아시죠?"

"에이, 당연하죠."

"홧김에, 아시죠? 농담입니다."

"알아요. 그런데 누군지 말하지 않을 거예요?"

같이 있던 여우들 말한다.

"여우들은 자궁에서 말합니다."

"자궁에서 대화를 해야 제맛이지."

"자궁에서 할 말이 뭐야?"

"어~흐 아~흐, 헉~헉~, 으으으 더 으야~, 이~잉, 힝힝! 나라마다 달라서 번역이 안 되네."

×××

다른 시간 도섹가 기웃거리며 바로 들어간다. 쮸쮸가 보이고 그 옆에 앉는다. 쮸쮸 혼자 말한다.

"넓은 바다로 가고 싶어."

도섹가 쮸쮸 서로 말한다.

"나비 봤어?"

"제 나비인가요?"

"응, 쮸쮸 나비."

"같이 만난 적 없어요."

"따분하다고 말하는 그 나비."

"따분하다고 말할 땐 지겹기 때문이에요."

"나비 나비 하니까 나를 치사하게 만들기나 해. 쭉쭉 빵빵 쮸쮸 좋잖아. 아니면 후루룩 쭉쭉해도 좋고. 도색가 쮸쮸도 어울리고."

"나비가 더 좋잖아요."

"우울하다고 할 때야. 위험하기도 하고. 나비가 그렇지?"

"징그러워요."

"왜, 내가 싫어?"

"모른 척해도 서로 알잖아요."

쮸쮸 지갑을 연다. 그 속 애벌레가 어느새 제왕나비가 되어 카페 위를 난다. 카페에 나비 그림자가 가득하고 쮸쮸의 손끝 따라 움직인다. 쮸쮸 주머니에서 말을 꺼낸다.

한때 나비가
바다 위를 팔랑거린다
여우라고 믿는 이들과
자신을 유혹하고 그림자가 막고
그의 날개를 거부하는 곳
수평선 그 끝
나비가 난다

도섁가 말한다.
"쮸쮸답지 않아,"
"가끔 저도 모를 때가 있어요."
쮸쮸 대답하고 주머니에서 말을 꺼낸다.

당신 혹은 내가 같이
수평선 위를 날 때
나는 나비다

쮸쮸가 날린 나비들이 스크린을 향해 날아간다. 화

면 속에서는 수컷들이 하나의 암컷을 차지하려 다투고 있다. 바에서 바라보는 여우들 말한다.

"나는 저 암컷 이름도 알아."

"나는 열 번도 더 봤어."

"아니, 저 암컷은 자랑하고 싶어서 나와."

"아니, 수컷에게 더럽힌 걸 보여주고 싶어서."

"아니, 수컷에 대한 연구결과를 보여주고 싶어서."

"아니, 수컷에게 없는 걸 보여주려고."

"내가 저 암컷의 족보를 보여주지. 잘 들어봐. 첫째 남편은 웨이터, 둘째 남편은 재벌, 셋째 남편은 성형외과 의사. 첫째 애인은 검사, 둘째 애인은 깡패, 셋째 애인은 대부업자. 암컷을 짝사랑하는 첫째 수컷은 의붓아버지, 둘째 수컷은 의붓아버지 아들, 셋째 수컷은 운전기사. 남편 애인 짝사랑 관계는 친구 형제 정적 애증 원수들."

"그거 모두 쮸쮸 족보야?"

"비밀."

"틀렸어. 첫째 둘째 셋째가 바뀌었어."

"그게 비밀이야."

숨어있는 xxx 여우 말한다.

"우주에서 소음이 내려와."

도섹가 여우들과 같이 말한다.

"비밀은 비밀을 낳지."

"비밀이라면서 보여주는 이유가 뭐야?"

"당사자만 비밀이지."

"근데 창녀도 비밀인가?"

"그럼 어디 가야 만나?"

"만나지 못하면 창녀가 아니지."

"오늘 애인 만나기로 했는데……."

동방제일검 말한다.

"칠극(七克)이라 마음에는 일곱 가지 병이 있지. 거기에 음욕도 하나더라. 막장 드라마는 욕정을 다스리지 못해서 생기는 거야."

녹희산 말한다.

"막장 드라마 재미는 쏠쏠하지만 시간이 아까워 접할 기회가 없더이다. 하지만 내 동방제일검의 말을 첨

언해 보오. 칠극 중에 음욕과 탐욕은 정극음(貞克淫) 담극도(淡克饕)라 하여 가르쳤으나 작금을 본다면 암컷은 음(淫)을 수컷은 도(盜)를 경계해야 상황이 맞을 것 같더이다. 이는 도(饕)라 쓰고 도(盜)라 보기도 했는데 도(饕)가 흉악한 짐승을 지칭하기도 하거니와 수컷에게 탐할 도(饕)를 쓰고 훔칠 도(盜)를 연상하는 이유가 암컷을 음란하게 만들고 욕정을 훔치려는 본능과 무관하지 않을 것이라. 성이란 극히 자연스럽지만, 탐욕과 소유욕에서 끝내 상처도 내니 보는 암컷조차 지성에 흠집 낼까 심히 우려하여 말하는 바이다. 동방제일검이 말할 때 새겨듣고 볼 것도 가려서 보소."

판도라 말한다.

"수컷은 용기 암컷은 절제라는 의미가, 그 욕망을 다름 아닌 암컷 스스로 절제해야 한다고 말하고 있어요. 죄인이라고 이야기하고 싶은 거죠. 그런 구도에서 도(盜)와 음(淫)을 생각나게 해요. 나만 그런가요? 많은 것들을 도둑질하고 정당화하려는, 이거야말로 암컷을 쟁취하기 위해서 나온 수컷들의 단어가 아닐까요? 수컷

시대는 끝났어요. 굴욕당하는 시대는 끝났다는 말이에요. 반성해야 해요."

여우들 저마다 판도라를 바라보고 말한다.

"수컷이 불쌍해지네."

"용기 있는 암컷? 수절하는 수컷?"

"맞아, 수컷이 도망 다니는 시대지."

"그럼, 도망치는 건 예나 지금이나 같네."

"맞아, 변한 게 없어."

숨어있는 xxx 여우 말한다.

"제발 멈춰. 눈이 터질 것 같아."

P-NP 나타나 말하고 나간다.

"하하, 판도라 말은 강박감 그런 것. 즉 불안 심리현상. 이럴 땐 피학적 고통이 최고임. 나에게 오셈."

어떤 여우가 나타나 말한다. 이름은 미녀다.

"오빠 나야. 나도 가면 안 돼?"

P-NP 나타나 말하고 나간다.

"그래, 와라."

미녀 말한다.

"헐! 진짜!"

일부 여우들 미녀에게 간다.

눈깍지 말한다.

"저는 아무래도 상관없어요. 애인은 없고, 낯선 수컷은 변태일까 봐 무섭고, 친구랑 하기 싫고. 혼자 해결할까 봐 울고 싶어요. 너무 복잡해요."

여우들 눈깍지에게 몰려가서 말한다.

"쪽지 보냈습니다."

"쪽지 순서대로 줄을 설게요."

"쪽지 훈남 첨부했습니다."

"쪽지 보내는 마음은 더 복잡합니다."

숨어있는 xxx 여우 말한다.

"방이 작아지고 있어. 별처럼. 너희들도 별처럼 작아지고 있는 걸 모르는 거야."

어떤 여우 고개를 숙이고 말한다.

"전 처음이에요. 그런데 애인은 벌써 열 명도 넘는다고 자랑했어요. 억울해요."

어떤 여우 고개 들고 말한다.

"얼마 전에 만난 그. 근데 말이야 문제는 서로에게 사귀고 있던 애인이 있었어. 그 사실은 우릴 흥분시키곤 했었지. 지금은 이상해. 우리가 사랑하는 사이가 됐고, 그쪽은 아닌 게 된 거야. 그 마음은 나보다 그가 더 그래. 어떻게 할 수가 없어."

어떤 여우 조언을 구한다.

"반말하는 건 미안해. 이해해 줘. 정말이야, 힘들어. 진지하면 더 슬퍼지고. 여친이 있었어. 우린 많이 싸웠지. 헤어질 수 없었어. 그녀를 지켜줬었지. 하고 싶은 것도 끝없이 많았지만. 그래, 의심이 나기 시작했어. 나만큼 연락하지 않은 거야. 예민한 건지 왜 그런 건지. 처음으로 보채서 카톡 봤지. 아! 그랬구나. 내가 못 했던 상상을 본 거야. 그와 미친 듯이 한 카톡 말이야. 봐도 또 봐도 끝이 없었어. 태연했어. 화냈지. 다그쳐서 그에게 전화했어. 그가 그러는 거야. 친구가 있는지 몰랐다고. 100일 정도 됐다는 거야. 진짜 친구냐고 물어. 나보고 배신감 느낀대. 너나 잘해보라는 거야. 그녀에게 전화 넘겼지. 다시 연락하실 거죠? 내 앞에서 이러는 거야. 내 앞에서 애걸하는 거야. 미친 거 아냐? 지금도 그녀에게 전화가 와. 후회할 거래. 이해가 안 돼, 형들. 더럽고 배신감밖에 없어. 하루하루 미칠 것 같고 후회돼. 나 멘붕이야. 나보다 나이가 많으니까 조언해 줄 거로 생각해. 형들, 정말 부탁해."

여우들 다투어 말한다.

"그 애? 내가 찬 애였구나."

"그 애가 걔였어? 내가 먼저 찼다고."

"내 동정을 가져간 애였구나."

"너 몰랐어? 얘 알면 병신 돼."

"모두 병신 됐네."

"나도 병신 되면 안 돼?"

그 여우가 말한다.

"내가 욕한다고 당신들 따라 하지 말란 말이야. 괴로워서 미치겠다고......."

툴툴 바 안에서 나타나 손을 들자 천정에 불꽃이 핀다. 벽 사이 주름진 곳에서 어떤 칩을 꺼내고 왼쪽 스크린을 털어 어둠을 걷어낸다.

  장애아에게 섹스는
  권리입니다
  부여받은 즐거움을
  아득하게 밀어낸다면
  우리도 불구입니다
  섹스를 나누는 것
  함께 존중되어야 할
  자기결정권의 연장이며
  권리의 사명입니다

  여우들 말한다. 심거도 끼어든다.
  "본능이지."
  "우리가 여기에 있는 이유지."
  "나도 자기결정권을 가졌지만, 상대도 자기결정권을 가졌더라고."
  "돈이면 사랑도 바꿀 수 있어."

"돈이면 사랑도 진짜로 만들어."

"돈 없으면 모두 장애아지."

남주나 끼어든다.

"진짜로 아파? 고통스럽냐고. 우리는 통각수용체가 없어. 말만 아플 뿐이야."

여우들 말한다.

"혐오 인정할 건 인정해야 한다. 다음은 뭐가 남겠는가. 자신에게 물어보라. 평등? 돈? 차라리 나를 경멸하라."

"꿈이 환각이라면 돈과 상관없이 평등해."

남주나 끼어든다.

"뇌를 공간처럼 비워야 해. 빈 공간에 산 피부. 침묵을 덮은 절망. 아무리 아프다 한들 살갗에 생채기처럼 우울하지도 않겠지. 상처는 없잖아. 그만이잖아."

여우들 말한다.

"우리는 환상을, 그들은 현실을 꿈꾼다고 하지요. 꿈조차 서로 평등하지는 않아요."

"입바른 소리도 사탕발림 소리도 다 나쁘다."

"뽕."

"뽕."

"뽕."

"……"

여우들 사라진다. 감별사 말한다.

"누가 일부러 어깃장을 놓겠어. 선량한 양심이라고 부추기지. 그런다고 양심이 달라지나? 말꼬리에 붙이긴 해도 사실 하고 싶은 이야기는 아냐. 쯧쯧! 입술에 침이나 바르는 수준이지."

어떤 여우도 말하고 나간다.

"권리요? 장애아에게 그런 게 있나요? 이용만 당했어요. 다 뺏겼어요. 전부요. 죽고 싶어요. 정말 죽고 싶어요!"

쮸쮸 주머니에서 말을 꺼낸다.

나비가 난다
꽃에도 바다가 있다

낙엽이 떨어지면 바다로 간다

×××

 나비와 도섹가 바에서 만난다. 떨어진 좌석에 심거가 있다. 그들이 과거의 심거를 보고 있는지 모른다. 나비와 도섹가도 마찬가지다.
 "너 맞지?"
 "그래 나야."
 "넌 줄 알았어."
 "난 또 뭐라고."
 "왜 나 몰라?"
 "너 맞잖아."
 "우리, 다시 하자. 기억에 없었던 것처럼 거슬러 올라가는 거야. 자, 너 맞잖아……. 너도 해봐."
 "왜 나 몰라?"

"난 또 뭐라고."

"넌 줄 알았어."

"그래 나야."

"너, 맞지? 이걸 왜 해야 해?"

"너와 나 사이에 기억이 끼어있기 때문이야. 그건 그렇고 너, 야동 십계명 아니?"

"알아. 그런데 지금은 몰라."

"잊어버렸어?"

"아니, 네가 언제 묻고 내가 언제 대답했는지 몰라."

"나에게 말했다고?"

"지금은 모른다는 말 이해 못해?"

"너에게 충고한다. 난 부조리한 언행을 즐기지 않아. 그냥 말해. 알아들어? 카페에 주저앉은 주제에 지성입네 유희하지 말란 말이야. 그런다고 널 달리 보는 줄 알아. 까불고 있어."

"나도 충고한다. 기억은 우리 삽질에 달려있어."

"그냥 써먹으라고 말했을 텐데."

도섹가 한동안 말하지 않는다. 그러다 말한다. 그동

안 그가 어디 갔다 왔는지 여기서는 아무도 모른다.

"본 것을 탐하지 말고, 비교하지 말고, 요구하지 말고, 현혹되지 말고, 알려주지 말고, 잊어버리고, 자랑하지 말고, 시도하지 말고, 불평하지 말고. 다르다고 하지 말자. 이게 전부다."

"그건 나도 알아."

"간단히 말하면 눈뜨고 강간당한다. 이런 말."

"서로 나가지 말고 말하자."

도섹가 먼저 말한다.

"여우 카페에 있는 암컷은 엉덩이 크고 물 마르고 돈 궁하고 콩팥이 필요하고 밤에 나가고 변태이고 미친 그런 암컷, 나머지 전부는 수컷이더란 말이다. 진짜 암컷은 딴 곳에서 놀지. 그러니 십계명 외우며 딸딸이나 쳐."

나비 말을 받는다.

"너 먹는 거 좋아하지?"

"내가 도섹가지."

"내가 너에 대해서 좀 알지. 네가 만든 햄버거 봤다.

케첩이라고 쓴 거 말이다. 바른말 해봐. 너 그거 아니지?"

"맞다. 생리혈이다."

"맛있니? 또 말해봐."

"내가 도섹가이기 때문이다. 진정한 요리사만이 살아 있는 생리혈로 요리를 완성할 수 있는 거다. 돈 주고도 못 사는 최상의 음식이지. 어떻게 먹어도 좋다. 아, 침이 돈다! 어떠냐. 경멸하게 되어서 기분이 좋으냐?"

"변태!"

"침대를 꿈꾸며 피가 나고 향이 넘치는 스테이크를 먹지. 암컷 냄새가 물씬 풍기는 조개도 먹는다. 초콜릿의 쌉쌀하고 달콤한 맛은 섹스를 갈망하고, 부추의 향긋하게 매운맛은 성욕을 세운다. 그뿐이냐 토마토 블루베리 복숭아 아이스크림도 있다. 너도 좀 배워라. 섹스는 침대에서 하는 게 아니야. 먹으면서 하는 거다. 난 완성된 것을 먹을 뿐이다."

"……"

"다시 시작해?"

"변태."

"나도 네 신상털기를 했다. 너, 파시파에 돼라. 그게 좋은 방법이다."

"변태, 나도 안다."

"너, 임성구지는 아내에게 장가도 들고 지아비에게 시집도 갔다더라. 인간 사이에 섞여 살지 못했다더니 여기 여우 카페에 왔구나."

"그래도 양성은 일반화가 되었다. 진화 속에 있으니 함부로 나를 대하지 말라."

"그래, 여기서만큼은 기분 좋게 인정하자."

"나는 정의된 것만 말한다."

"나는 정의되는 것만 듣는다."

"지금은 아니라는 거지?"

"요리하기 나름이라는 거지."

"쳇! 넌 도섹가지."

"또 없니."

"어떤 여우가 하소연했어. '전 끌려갔어요. …… 비참해요.'라고."

"힘내야지."

"진행 중이니까."

"맞다. 멈추기 위해 진행 중이니까."

"근데, 어디로 끌려갔데?"

"여우는 전혀, 전혀 몰랐다는 이야기야."

"힘내야지."

"맞다. 멈추기 위해 진행 중이니까."

"알아야 해?"

"그래, 말하지 말자."

"저기, 수컷 그게 너무 작다고 하네."

"콧구멍에 넣어주라고 해."

"연애만 백일, 키스도 못 하고 헤어질 것 같아 눈물이 나요 하니까 저기, 저 여우가 그러더라. '지금 눈물로 뺨을 적시며 체온을 느끼겠군요. 그래요, 그럴 수 있냐고 눈물을 지우면 무엇 하겠습니까. 우리가 그러한데요.' 얘는 도사야. 우린 존재감이 없어."

"그게 너였구나. 존재감 생겼어?"

"아니."

"누가 너 찾더라. 어때, 생긴 거야?"

"아니."

"너도 해줘야지."

"나 배고파. 존재감 생겼어?"

"아니."

"미워 죽겠어. 어때, 생긴 거야?"

"아니."

"……."

"또 없니."

"따분하다."

"나갔다 오자."

"그냥 있자."

"그래 그냥 있자."

"공권력 이야기는 찾지 말자니까."

"감옥도 지겨울까?"

"들어봐. '지웠어요. 매일 지워나갈 거예요. 언제까지 이 짓을 해야 할지 모르겠어요. 당신들이 봤으면 좋겠어요. 배가 아파요. 항상 아파요. 아이가 배를 찢고 나오려고 몸부림쳐요. 전 울어요. 항상 울어요. 배가 아프지 않을 때도 울어요. 왜 이렇게 살아야 하는지 울어요. 그래서 그에게 악을 써요. 악을 쓰면...... 고통이 빠져나가는 것 같아요. 조금만 더 힘을 쓰면 되는데 온 힘을 다해도 빠져나가지 않아요. 그러면 배가 덜 아플 텐데. 그래요, 아이가 배를 찢고 나오려고 해요. 그런 나를 좋아할 이는 없겠죠? 누가 좋아하겠어요. 그이도 절 피하는데....... 저는 미쳤어요.'"

"콘돔이 문제야."

"콘돔이 필요한 게 문제야."

"잠깐! 우리가 상황을 이해한 거야?"

"상황을 알면 이야기가 달라지지."

"그래도 불쌍한 거야."

"그래서 불쌍하다."

"그럼 상황을 이해한 거지?"

"그런 이야기를 들은 우리가 불쌍하다."

"상황을 알게 되면 사마리안이 되는 거지. 상황이 달라진다는 거야. 암 달라지지. 복잡해서 알고 싶지도 않지만…… 사실 알아야 하는 것도 아니잖아? 알아야 해? 뭐, 범죄자는 될 수 없잖아."

"맞아. 우리 상황이지."

"이야기도 달라질 수 있으니까."

"그래도 불쌍하다."

"맞아, 불쌍해."

"그렇다고 우리가 불쌍한 것은 아니잖아."

"난, 지금 우울하거든. 어떻게 해봐. 끝은 맺어야지. 퍼 나르는 애들도 네가 책임져야 해."

"네가 상황을 강요하는 거야. 그게 나쁜 거야. 나도 퍼 나르기만 했을 뿐이라고. 우울하다고 갑자기 말을 바꾸면 어떡해."

"불쌍하다."

"정말 우울해? 아니면 우울해지고 싶은 거야."

"슬픈 이야기니까."

"그래서 너를 만나면 안 돼."

"그래도 만날 거잖아."

"모른 척해야지."

"슬픈 이야기군."

"그래. 그건 그래."

"그럼 다시 시작할까?"

나비와 도섹가 둘러보니 심거가 있다. 하지만 존재하는지는 알 수가 없다. 도섹가 말한다.

"난 성냥공장 여직원 이야기 알아."

"난 절정사 절정 스님 이야기 알아."

"하하하."

"<u>호호호</u>."

"<u>호호호</u>."

"그렇게 웃지 마!"

"……."

"……."

"네가 없어도 웃어줄게."

"나도 그래 줄게."

"……."

"……."

"알았어. 너 야동 십계명이 뭔지 아니?"

"내가 물었는데?"

"십계명. 정자가 부족해서 그래. 단백질이 풍부하다고 알려진 것도 문제야."

"십계명. 겸손을 배우라는 이야기야. 수컷 자체가 단백질 덩어리이니까."

"……"

"섹스는 죽음이야. 죽어야 하니까 그래. 그게 두렵거든. 죽어버리면 더 이상 수컷이 아니라는 것을 알기 때문이지. 다른 수컷들도 많잖아. 그건 혐오고 증오야. 오히려 자위하면 겸손해져. 자신에게 겸손을 배우지."

"그것도 옛말이고 요즘은 쓰임새가 다양하게 되었어. 예를 들어……"

"더 논쟁해야 해?"

"열정도 그래."

"맞아."

"정말 맞아?"

"……"

"심심하다."

"심심하니까 빅뱅이 있고 카오스가 있고 엔트로피가 증가하게 되는 거야."

"……"

"……"

"다 했어?"

"그런가?"

나비와 도섹가 한동안 말하지 않는다. 그들이 어디 갔는지 여기서는 아무도 모른다.

×××

넘겨마 바에서 여우들에게 말한다.

"처음에는 한 개, 지금은 겨우 네 개. 꼬리 아홉은 우리에게 필요 없다고 말하고 싶어. 두렵단 말이야."

동방제일검 말한다.

"툴툴이 툴툴거려도 잘 끌어가고 있어."

넘겨마 말한다.

"이름도 그렇지 툴툴이 뭐야. 비웃기라도 하고. 얘라고 차마 말은 못하겠네. 이런, 정말 그거 아냐?"

똥퍼 말한다.

"넘겨마야, 넌 똥 싸는데 꼬리 하나면 돼."

넘겨마 말한다.

"뭘 해도 마찬가지야."

로또 말한다.

"저는 꼬리 한 개면 됩니다. 위안이나, 언젠가 나가겠죠. 무책임한 소리해서 미안합니다."

넘겨마 말한다.

"다 같이 발가벗고 노는 데 수치심을 느낀단 말이야."

여우들 다 같이 말한다.

"우리보다 여우가 웃기게 노니까.

우리보다 인간을 웃기게 아니까.

우리보다 사냥꾼을 웃기게 다루니까."

동방제일검 말한다.

"쉿! 사냥꾼이 들어."

넘겨마 말한다.

"능력이 사냥꾼에 이른다고? 대다수 여우들은 말할 기회조차 박탈당한다고. 그에게 무시당할 여지를 남겨서는 안 돼."

여우들 말한다.

"말하지나 말지. 말하지나 말지."

"그래, 말하지 않으면 몰라."

"그래, 말하는 놈이 나쁜 놈이야."

"묻는 놈도 나쁜 놈이야."

"우리를 위험에 빠트리고 있어."

넘겨마 말한다.

"우린 모두 꼬리가 같아야 해."

다른 여우들 말한다.

"그래, 평준화 지키자."

"맞다. 우린 다 같은 여우다."

남주나 말한다.

"통각을 제거하고 싶어. 남에게 주거나. 사이코패스

나 되라지. 우울하지는 않을 거야."

동방제일검 말한다.

"툴툴만큼 카페에 지혜로운 자도 드물지."

남주나 말한다.

"상상뿐만이 아니야. 몽유 상사 망상 환청 불안 우울 조울 분열 공황 편집 태반을 떠오르게 만들어."

다른 여우들 말한다.

"넘겨마가 우리도 수치스럽게 만들고 있어."

"넘겨마가 양심을 만들고 있어."

넘겨마 말하고 나간다.

"똑같이 굴욕을 느끼려고 오는 놈들. 알면서 여기 있는 내가 한심하다."

동방제일검 말한다.

"검을 뽑을까? 아, 농담 반."

남주나 말한다.

"간다고 가도 거기서 거기니 놔둬."

숨어있는 xxx 여우 말한다.

"제발 멈춰. 너희들을 봐. 생쥐처럼 작아졌어도 나하

고 똑같이 섰잖아."

도섹가 말한다.

"근데 툴툴이 정말 그래?"

여우들 말한다.

"쫓겨난 마음도 거기서 거기야."

"쫓아낸 마음도 거기서 거기야."

"불쌍하다, 장난이나 치자."

숨어있는 xxx 여우 말한다.

"우주에서 소음이 내려와."

일부 여우들 숨어있는 여우를 보고 말한다.

"xxx하고 다른데."

"xxx는 널려있어."

"여기가 xxx 아니야?"

"……."

동방제일검 말한다.

"넘겨마 갔지? 알 수가 있나. 차라리 후회하게 만들어 주기나 했으면 좋겠어. 나도 다 말뿐이지 뭐. 좋은 게 좋은 거라고."

나비 나타나 말한다.

"무슨 말이야. 도섹가 어딨어?"

동양제일검 말한다.

"금방 갔어."

나비 말하고 나간다.

"시간 없는데 괜히 왔네."

도섹가 말한다.

"가지 마! 나 여기 있어."

대다수 여우들 나간다. 툴툴 바 안에서 손을 들자 천정에 불꽃이 핀다. 그리고 셔츠 주머니에서 손수건을 꺼내 바텐 위에 펼친다.

심장을 향해 간다
눈과 귀가 있지 않으면
애초에 가지도 않았다
아니 모른다
심장이 뛰고 있어서다
아버지 어머니처럼

갈 길을 잃어서
세상에 피를 뿌리고
그걸 봐야만 한다

남아있던 여우들 말한다.
"무슨 말이야?"
"……."
"수시로 발기함."
"난독증세임."
"수학자나 물리학자에게 물어봐."
"지하철 김 여사 나왔데."
"거기로 가자."
여우들 나갔다. P-NP 나타나 말하고 나간다.
"툴툴 그의 이야기는 개연성이 없음. 정리되지 않은 무의식이라 보면 됨. 왜 그럴까? 그는 허상과 허상이 겹쳐 만들어진 실상이거나 허상과 허상이 나누어진 존재이기 때문. 그 때문에 예언자처럼 굶. 필요하면 툴툴 잠꼬대 대조 바람. 헛된 정의. 그런데 최후의 심판이 생명

체의 멸종을 전제로 해야 하나? 잠시 의문. 대다수 수학자들이 2040년에서 2060년에 종말이 온다고 했다면 레오나르도 다빈치, 아이작 뉴턴, 알베르트 아인슈타인, 칼 세이건, 스티븐 호킹의 계산은 아닐 것임."

어떤 여우가 나타나 말한다. 이름은 미녀다.

"오빠 그동안 뭐 했어?"

P-NP 나타나 말하고 나간다.

"그만 쫓아다녀라."

미녀 말한다.

"술 사준다고 했잖아!"

여우들 미녀에게 일부는 바에 모인다.

툴툴 고개를 들고 벽 사이 주름진 곳에서 이것저것 칩을 꺼낸다. 팔레스타인, 아프가니스탄, 서사하라, 콩고, 르완다, 수단, 소말리아 나라별 분쟁, 종교분쟁, 인종 갈등, 자원쟁탈, 이데올로기 자료들이 난무한다.

「그는 아시아태평양 난민권리위원회 아시아 태평양

지역 어드바이저(Advisor)이다. 1967년 콩고에서 태어나 한국으로 탈출했다가 6년 만에 난민으로 인정을 받았다.......」

 여우들 슬슬 자리를 피한다. 동방제일검 나타나 말한다.
 "암컷도 군대 보내자."
 남주나 나타나 말한다.
 "그래, 군대 얘기는 아무리 해도 재미있어."
 여우들 말한다.
 "수컷은 군대, 암컷은 출산."
 "수컷은 총알, 암컷은 탄피."
 "수컷을 창날, 암컷은 방패."
 "수컷은 군대, 암컷은 출산."
 "......"
 감별사 나타나 말한다.
 "똥퍼같이 총알받이 만들 일 있어. 쯧쯧."
 똥퍼 나타나 말한다.

"나도 똥만 푸는 데 수십 년 걸렸어."

감별사 말한다.

"똥퍼 같은 놈보다 암컷이 백배 낫지."

똥퍼 말한다.

"감별사같이 지능이 모자라는 놈은 꼭 보내야 해."

넘겨마 나타나 말하고 나간다.

"암컷이라면 총알도 피해 갈 걸."

눈깍지 나타나 말한다.

"싸우고 싶지 않아요. 전 항복할래요."

판도라 나타나 말한다.

"눈깍지 님, 싸우지 않고도 할 수 있는 일이 많아요. 전쟁은 그들이 책임져야죠."

눈깍지 말한다.

"우리 때문에 싸운다고 하던데요?"

여우들 말한다.

"수컷은 군대, 암컷은 출산."

"난 아첨 떨어야 하는데."

"그래야 아이를 낳지."

"그래야 전쟁터로 보내지."

"그래야 엄마가 돼서 울지."

"전쟁터 가면 더 울어."

"울면 책임져야 해."

"아이를 낳아도 책임져야 해."

"부부 전쟁이 모든 걸 바꿔."

"맞아, 반찬이 달라."

"맞아, 애인이 먹을 수 있어."

"맞아, 빈약하면 전쟁을 해야 해."

"그럼 암컷도 보내자."

"반찬 만들게 하자."

"내 찬성이다."

"나도 찬성이요."

P-NP 나타나 말하고 나간다.

"카페 안과 밖이 종북좌빨 수구꼴통이란 것은 본능. 자, 말발 설레발이 종북좌빨…… 시작하셈. 미녀야!"

미녀 나타나 말하고 나간다.

"말발 설레발이 종북좌빨 수구꼴통?"

여우들 말한다.

"카페 안과 밖이 종북좌빨 수구꼴통."

"말발 설레발이 종북좌빨 수구꼴통."

"복역 시대가 종북좌빨 수구꼴통."

"상상력 부재가 종북좌빨 수구꼴통."

"발기력 차이가 종북좌빨 수구꼴통."

"왜 발기력 차이가 나지?"

"손으로 애무해 봐."

"죽어버리는데?"

"성을 내야 발기되지."

"비웃어 주기나 하자."

"못 살겠다 종북좌빨 수구꼴통."

"너도나도 종북좌빨 수구꼴통."

"심심하다 종북좌빨 수구꼴통."

"아! 혈압 치밀어. 욕이나 하자."

"말리는 여우도 있어야 해. 그래야 재미있어."

"아냐, 다 같이 욕해야 욕을 덜 먹어."

"맞아. 욕도 욕이 아니지."

"그래 다 같이 욕이나 하자."

"......."

"......."

"다 했어?"

"다 끝났어? 정말 따분하다."

"누가 시작했지? 아는 여우?"

"P-NP가 시작했어."

"미녀 어디 갔어?"

"지금 와서 알 필요가 없잖아."

"알면 병들어."

"기억해도 병들어."

"행인처럼 지나가지는 게 맞아."

"난 정말 행인인데."

"모든 게......."

"모든 게......."

"젠장, 사건 터지면 행인만 낚이더라."

한참 지나서 시간을 알 수 없을 때 넘겨마 바에 쪽지

를 남긴다.

오늘은, 갈 곳도 없어
내일은, 어디든 가겠지
마음 나눌 곳 어딘지
나는 나를 알아버렸어
침묵으로 달래도
나는 나에게 미안해

×××

바 어느 자리. 나비와 도섹가 바 위에 걸려있는 메모지를 뒤진다.

「감별사 글을 찾았음. 발췌해 온 글이라고 하나 어딘지 냄새가 남. 알아서 판단.」

나비와 도색가 감별사 메모를 스크린에 비춰본다.

「어느 날 나는 무엇인가를 기억하고야 말았다. 그 기억이라는 것도 파편 조각난 뜬구름과 같아서 형상도 없었다. 들어서는 안 된다고 했기에 오히려 흔적으로 남았고 가까이 숨어있었다.

처음 기억은 고모와 옛날이야기에서부터 시작되었다.
"네 할머니가 그러더라. 삼촌이 몽유병자처럼 돌아다니며 잔다고 수면제를 줬다는구나."
"병이 나았다고 들었는데요."
"아니다. 왜 그랬는지 모르겠지만 증상이 심해졌다고 네 엄마가 걱정했었다. 그러고 보면 보통 사람은 아니야. 어떻게 그런 걸 먹이니."
"수면제를 계속 먹였나요?"
"이제 너도 컸으니 못할 말도 아니지."
"뭔데요?"
"자꾸 신혼 방에 들어간다고 그랬을 거다. 한번은 회

사에 가야 하는데 일어나지 못했어. 네 아빠 말이다. 그날 형제가 대판 싸웠다지 아마?"

"그래요?"

"네 할머니 유품 중에 무엇이 있었는지 아니? 물망초라는 것을 알겠더라. 삼촌이 재배한 꽃, 맞지?"

"예 맞을 거예요."

"그것을 보더니 네 엄마도 울었지. 쯧쯧, 다 큰 것들이."

나는 애써 고개를 돌렸다.

"그나저나 네 삼촌은 어디 간 거냐?"

삼촌 짐을 정리하다가 책갈피에 빛바랜 꽃잎을 보게 되었다. 삼촌 생각이 나자 웃음이 났다. 삼촌에게는 요강에 키운 물망초가 있었고 가끔 "천국의 냄새가 여기에 있다."라고 했었다. 말린 꽃들이 제법 많았고 쓰레기로 버리기 아까워서 신문지에 올려놓고 하나씩 태웠다. 사라지는 연기를 한참 동안 바라보던 기억이 났다.

그다음 기억은 갑자기 떠올랐다. 그건 어렸을 때 꿈처럼 지나간 기억이기도 해서 내가 만든 이야기일지도 모른다고 생각했다.

 형수가 오기 전, 아침에 깨어나면 거실 벽에 앉아있는 할아버지에게 먼저 인사를 했다. 아무도 바라보지 않았으며 거기에 할아버지가 있다는 것을 아는 사람은 나 혼자뿐이었다. 아침마다 할아버지가 나를 깨운 이유이기도 했다.
 조카가 생기면 알려줘야겠다.
 밤이 되면, 세상은 할아버지 냄새로 가득해진다. 어둠도 없애지 못한 냄새다. 형수에게 말하지 않는 것도 있었다. 요강에 꽃을 키운다는 것이다. 그리고 형수가 처음 오던 날 드디어 꽃이 피었다. 난 그 냄새를 가득 들이켰다. 할아버지가 새로 만들어 준 향기가 분명했다. 밤새 향기를 찾아다니라 꿈도 꿨다. 하지만 더 깊이 잤고 깨어나기 싫었다.
 나는 형수에게 그 사실을 알리고 싶었다. 볼이 꽃 같

은 형수에게 물었다.

"형수님, 형수에게 조카가 생기면 제가 삼촌이 되니까 제 핏줄과 같은 게 맞는 거지요?"

형수가 나를 쳐다보지 않았지만, 할아버지 말이라고 이해했을 것이다. 그건 그렇지 않아도 나도 모르게 밤마다 형수를 찾아가기 때문이었다. 물론 몽유병 때문이었지만 이것도 모두 할아버지가 지시했음에 틀림없다.

이다음에 조카가 생기면 형수에게서 꽃 냄새가 난다고 말해줘야겠다.」

나비와 도섹가 서로 말한다.

"너라면 결말 어떨까?"

"벗어나지 못하지."

"맞아, 똑같을 수밖에 없지."

"말만 고상하거든."

"인간의 정의란 그런 거야."

"…… 간교하지."

"…… 이기적이지."

"그런데 결말이 뭐야?"
"너도나도 모른다는 이야기."
"누가 알아?"
"모두 조상 탓이야."

나비와 도섹가 다시 메모지를 뒤져 말을 꺼낸다. 감별사 말들이 엮여 나온다.

"이런 놈들. 흑백 분리, 망각 그리고 상실, 모멸, 과대망상, 자괴감, 증오심뿐이지. 증오만으로 중독된 놈들. 불쌍한 놈들. 반쪽을 만들어 주고 싶다니까. 양심 반쪽. 약간의 수치심, 수치심 그것만 가르쳐도 돼......."

여우가 아내에게 간다
신발짝을 맞추려
신혼 방으로 들어간다
어머 몰라, 이러면 안 돼
다시 한 번 다 같이 자!

따라 하는 놈은 혼내주지

가슴은 서둘러 입으로
어머 몰라, 이러면 안 돼
서방은 있으나 마나
어머 몰라, 이러면 안 돼
살고 죽고 또 죽고 살고
어머 몰라, 이러면 안 돼

다시 한 번 힘차게
어머 몰라, 이러면 안 돼!

"젠장! 미친 카페야. 쯧쯧! 어디 보고 싶은 놈들 실컷 봐라. 그게 나다."

"불쌍한 놈들, 내가 왜 그렇게 열심히 공부시키는 줄 모르지. 한심한 놈들. 나니까 말해준다고. 한심해. 젠장, 핏발을 세우고 대드는 놈쯤이야 우습지. 똥이 한계

인 놈. 이놈 아내가 똥 맛이거든. 제일 먼저 가르칠 놈이지. 이놈만 집중적으로 가르치면 다른 놈이야 쉽지. 도섹가 로또 넘겨 옥산? 주정뱅이인데 술 처먹지 않으면 등신은 면하지. 녹희산? 금테 둘렀다고 자랑질인데 썩어서 더 그래. 이런 것쯤 척 보고 알지. 인생 그냥 배운 줄 알아? 대가가 있다는 걸 몰라. 아무도 모르지. 암. 인생 그런 거야······. 쯧쯧! 한심하지."

다른 시간 다른 장소 나비 주머니에서 말을 꺼낸다.

언젠가 아니 이미
바다 위에서 퍼덕이겠지
더 높이 더 아래로
그렇다고 날개가 있지
언어를 배제하고
춤을 추겠지

바 한쪽에서 동방제일검 무작위 쪽지를 보낸다. 그

옆에 앉아있는 심거 쪽지를 받는다.

  수치나 억압, 고통과 가학만으로
  노예를 희망하십니까?
  미천하고 한없이 낮게
  채찍질 끝에 달콤한 재갈을 채워줄
  주인이 여기 있습니다
  오세요
  당신의 갈증을 건너 공허를 채우는
  전령을 보냈습니다

동방제일검 심거 서로 쳐다보지 않는다.

  같은 시간 나비와 도섹가 메모지를 내려놓고 서로 말한다.
  "또 할 말 없어?"
  "넌, 할 말 있어?"
  "……"

"……"

"너, 저 방."

"나, 저 방."

"그래, 짜증 날 정도로."

"그래, 쫓겨날 정도로."

나비와 도섹가 바 어느 구석 P-NP 방으로 간다. P-NP 혼자 논다.

"스미프 좆만 한 좆만 한 스머프 아우성칠 때 스머프 좆만 한 좆만 한 스머프. 치치올리나라~ 치치올리나라~. 다시 한번 더 힘차게 스머프 좆만 한 좆만 한 스머프~."

P-NP 노래는 계속되고 내레이션이 뒤를 따른다.

무제한의 갈망, 환상에 끓는 피
침묵하는 자아에 폭주하는 권리
오욕을 받은 자 그자만 있다

P-NP 나비와 도섹가에게 말한다.

"환영, 침묵의 언어, 욕구를 수집하고 있음. 도섹가 님, 나비 님 알아서 보셈."

나비와 도섹가 서로 말한다.

"침묵, 말해야 한다면 차라리 거짓말이 좋지 않을까?"

"거짓말을 어떻게 찾는데?"

"널 보면 되지."

"널 봐도 되고?"

어떤 여우가 나타나 말한다. 이름은 미녀다.

"오빠 나야. 그동안 뭐 했어?"

P-NP 미녀 서로 말한다.

"넌, 그동안 뭐 하고 다녔지?"

"후, 간 데가 많아. 홍대 이대 삼청동 신사동 가로수길 압구정 강남 청담동 미사리 일산 안산도 갔어. 오빠, 이태원 거기도 갔어. 세계에 있는 술은 다 먹은 거야. 라크가 압권이었어. 오빠 그거 먹어봐. 달콤 시큼 치즈 향이 환상적이야. 그 술에 뽕 갔다!"

나비와 도섁가 서로 말한다.

"댓글이 없어."

"미녀는 아니야."

"또 볼래?"

"시시한 거 아니지?"

"너도 알고 있었다고 장담한다."

"그럼, 기억을 공유하자."

"그래 공유할까?"

"아니."

"그래, 아니가 맞아."

"지금이라도 댓글을 달아주자."

"기억이 달라질까?"

"……."

"……."

"정리는 될까?"

"새로울 것도 없잖아."

나비와 도섁가 P-NP 방을 나온다.

×××

바 어느 자리. 벽에 버네사 벨의 그림 〈스터드랜드 비치〉가 앞에, 그 옆에 동생 버지니아 울프 초상화가 있다. 메리 허친슨의 상반신 초상화도 보인다. 야s7이 설명한다. 때때로 눈에 띄는 여우들 멈추지 않고 지나간다.

"버네사 벨은 세잔, 마티즈의 영향을 받은 여류화가며 실내 디자이너입니다. 남편과 오픈 메리지(Open Marriage)로 가정을 꾸민 여성이기도 했습니다. 〈스터드랜드 비치〉 전면에 남자가 보이십니까. 그가 버네사 벨의 연인 던컨 그랜트입니다. 여기 문 앞에 서 있는 여인의 뒷모습도 보일 겁니다. 정지된 듯한 자세, 바다의 문은 다른 사람이 아닌 그녀만을 위해 거기에 있는 듯 보입니다. 문 앞에 서서 무슨 생각을 할까요? 그녀를 바라보는 던컨 그랜트는 태양에 탄 듯 검붉게 칠해져 있습니다. 마치 그녀가 문으로, 바다로 들어가는 그녀를 지켜보기라도 하듯이 비스듬히 누워있습니다. 푸른빛이 전체를 감싸고 있는 조용한 환희. 그녀가 또 다른 세상을 보고 있지는 않을까요? 그녀를 위한 세계 말입니다. 미래의 세계가 있습니다. 그리고 이 이야기가 100년도 더 됐다는 것을 아십니까?"

모자이크로 처리된 어떤 여우가 나타나 조언을 구한다.
"자는 오빠 옆에서 자위하다 들켰어요. 민망해요. 보이지 않아도 되는데 왜 그랬는지 서운하게 만들어요."
야s7 답변한다.
"부끄러운 것이 아닙니다. 그 느낌을 말하면 됩니다. 오히려 감추는 것이 더 부끄럽게 보입니다. 당당하게 말할 때 비로소 자유를 가질 것입니다. 현재 수컷 자위는 90%가 넘고 암컷 자위는 70%에 이른다고 합니다. '생각 없는 짐승에 비교되고 짐승과 같이 되었도다.'라고 말해도 야수가 되기를 바라지는 않는다는 것입니다. 용기를 가지시기 바랍니다."

어떤 여우 나타나 조언을 구한다.

"오빠에게 애인이 생겼나 봐요. 나하고도 헤어질 수 없다고 하네요. 저도 헤어지기는 싫어서 속이 상해요. 정말 속이 상해서 울고만 싶어요."

야s7 답변한다.

"허락하세요. 오빠와 공유해 보세요. 그 감정을 서로 오픈하고 자기 것으로 만들어 보세요. 숨어서 상대를 비난하는 것 이상 무의미한 것은 없습니다. 오빠와 모두 공유한다면 성적으로 성숙하게 되고 더 행복해질 수 있습니다."

야s7 돌아서서 눈에 띄는 여우들이 있을 때마다 말한다.

"우리는 우리의 마음을 정직하게 바라볼 수 있을까요. 상상으로 꿈꾸어 온 것들을 말입니다. 여우 카페에서도 자신을 드러내지 않습니다. 일탈도 경계가 있다는 것을 알기 때문입니다. 하지만 여러분에게 말하기로 했습니다. 부부에 관한 것입니다. 제 이야기이기도 하며 여러분의 이야기이기도 합니다."

"어느 날 지인과 술잔을 나누다 아내에게 연인이 있다는 것을 알게 되었습니다. 아내가 어떤 수컷과 다정하게 해변을 거닐더라고 말해주었습니다. 전 말했습니다. 알고 있다고요. 지인은 의아했지만, 곧 친오빠쯤으로 판단하더군요. 그렇다고 말했습니다."

"집으로 돌아오면서 많은 생각을 했습니다. 문득 꽃집에 들러 꽃을 사서 갔습니다. 그날 밤 조용히 시간을 보내다가 말했습니다. 연인이 있는 걸 알고 있으며, 숨긴다고 서로에게 도움이 되지 않는다고 부드럽게 말해주었습니다. 그때는 왜 그렇게 말했는지 몰랐습니다. 아내를 사랑하기도 했었고 아내도 저를 사랑한다고 믿었습니다. 아내와 연인이 있는 아내는 별개라는 생각을 했을지 모릅니다. 그렇다고 아내가 낯설지 않았습니다. 그 모두 아내의 세계라고 생각했던 것 같았습니다."

"며칠이 지나자 아내가 어떻게 해야 되는지 조심스럽

게 물어왔습니다. 아내는 모든 준비가 되어있는 듯 보였습니다. 저와 헤어지는 것까지 말입니다. 그때 저도 무슨 말을 해야 할지 잘 모르겠더군요. 제 나름대로 아내를 생각하기 시작했습니다. 스스로 개방적이라고 하면서 옹졸한 모습도 발견하게 되었습니다. 아마 어떤 방법이든 시간이 해결해 주겠죠. 하지만 시간에 맡기고 싶지 않았습니다. 그것이 무엇이든 결정하려 했었습니다. 그렇게 해야겠죠. 여러분 그와 같은 경우라면 어떻게 했을까요. 진실로 아내를 사랑하고 있습니다."

여우들 모여든다.
"콩가루 소설."
"줏대 없는 놈."
"동반 자살할 놈."
"용기 있는 분입니다. 찬사를 보냅니다."

나비와 도섹가 서로 말한다.
"이놈은 정직하네."

"더럽다고 욕하는 놈 양심을 아는 놈이고, 칭찬하는 놈 양심을 모르는 놈이야."

"불쾌지수에 따라 달라. 양심 문제가 아니야."

"양심을 채워도 채워도 끝이 없어서 포기하는 거야."

"다중 성격은 적자생존 상위에 있다고 누가 말했지?"

"나 도색가 맞잖아?"

"도색가가 맞아서 고민이야."

야s7 여우들에게 말한다.

"아내는 섹스를 즐깁니다. 아내는 나에게 있어 순결합니다. 지금은 다른 때보다 더욱 설레게 만들고 있습니다. 오늘도 백합을 사 가지고 들어갈 겁니다."

여우들 말한다.

"나도 네 마누라와 같이 해변을 걸으면 안 될까?"

"해변만 거닐면 되는 거야?"

"우리 집이 꽃집인데."

"무-뇌-아- 난 네게 반했어."

야s7 말한다.

"생각이 다른 것입니다. 다르다는 것을 인정하지 못하면 세상이 보이지 않습니다. 윤리라는 것은 옛것을 고수해서 지키는 것이 아니고 서로를 배려하면서 만드는 것입니다."

여우들 말한다.

"어머, 동참하자."

"어머, 자다가 복창 두드리는 소리."

야s7 말한다.

"아내를 통해서 그들 부부와 만나기로 하였습니다. 그냥 거리를 유지하려 했었지만, 아내가 연인에게 말했던 모양입니다. 그도 나의 결정에 매우 감동했다고 했습니다. 그리고 자신도 뭔가를 해야겠다는 책임을 느꼈던 것 같았습니다. 저도 약속 시간이 다가오면서 평상을 유지하기 힘들었고 많이 망설여졌었습니다. 그렇게 어렵게 만나게 되었고 이야기하다 보니 우리와 그들 부부 모두 넓은 마음을 가진 것만으로 지성인처럼 보이기까지 했습니다. 정말 다행이라는 생각이 떠나지 않았습니다. 그의 아내도 저를 좋아해 주고 그의 배려

속에서 자연스럽게 둘만의 자리도 같이할 수 있었습니다. 꿈이라면 아마 이와 같구나, 하였습니다."

여우들 말한다.

"아내 하나를 둘로 나눠 쓰는 지혜 부럽습니다."

"남편도 하나를 둘로 나눠 쓰네."

"아빠 둘, 엄마 둘. 아이가 기가 막혀!"

"딸 하나에 사위가 둘. 환장하겠네, 환장하겠네!"

"아들 하나에 며느리가 둘. 경사 났네, 경사 났네!"

"또 없어?"

"시어머니 둘. 돌아버리겠네, 돌아버리겠네!"

"맞아. 장모가 둘. 귀염받겠네, 귀염받겠네!"

로또 말한다.

"아이들이 배우겠습니다. 여기 오지 마세요."

야s7 말한다.

"아이들은 아이들의 세상이 있고 부모 또한 그렇습니다. 저와 같은 판단으로 세상을 보지 않습니다. 그보다 정직하지 못한 그들이 비난을 받아야 합니다. 저를 욕하는 분들 중에는 위선자가 있습니다. 그런 분들이 더 흥분합니다. 욕구를 부정하고 감추려는 허약자가 그러합니다. 비판하실 때는 분별력을 가지고 말해 주시기 바랍니다."

P-NP 나타나 말한다.

"야s7 이야기. 지금 만족할 뿐 일시적 방편은 부부에게 해가 된다는 생각. 여우에게 정절이 있냐고 묻는다면 할 말이 없지만, 이익을 나누는 사회에 그에 맞는 윤리 의식이 자연스럽게 형성되어야 하는데, 야s7의 이야기는 번외의 사례 중의 하나. 소수의 권익, 다수의 배려를 원하는 비굴. 조용히 보내시는 것도 좋을 듯."

야s7 말한다.

"P-NP 말씀이 맞습니다. 인류에게 퍼져있는 결혼제도는 다양합니다. 틀리고 맞는 것이 아닙니다. 새롭게 시작하는 것도 어렵겠지요. 언젠가는, 언젠가는 하는 말은 중요하지 않습니다. 미래는 모든 것이 그렇게 다가서는 것이니까요. 그리고 알 때는 이미 지나쳐 버리는 것도 현재입니다. 그보다 마음가짐이 중요하다고 봅니다. 신념도 중요합니다."

감별사 말한다.

"내 부러운 놈 여기서 처음 보네. 그래도 넌 화냥년을 둔 팔불출 병신이야. 쯧쯧."

나비 말한다.

"쪽지 보냈습니다. 우리 애인도 오픈 마인드(open mind)입니다."

도섹가 말한다.

"나비 말고 나도 있다니까. 마누라 두고 절대 싸우지 않아."

나비와 도섹가 서로 말한다.

"내가 그랬나?"

"희망을 가지고 계속 날려봐."

"너도 건투를 빌게."

"그런데...... 혹시 우리 둘이 만나는 것 아냐?"

"끔찍한 소리."

야s7 말한다.

"배우자와 처음 만났을 때를 돌이켜 보십시오. 오늘날 결혼하는 부부가 절반 가까이 이혼하고, 재혼했던 부부도 상당수 이혼합니다. 이 불안한 결혼제도를 끌고 가는 게 맞을까요. 저는 확신합니다. 오픈 메리지가 안정을 되찾게 해줄 것입니다."

야s7 말한다.

"지금 세상은 사실혼 시대가 되어가고 있습니다. 출산도 구속이라고 말합니다. 이것은 새로운 조류입니다. 어떻게 해야 하냐고요? 먼 옛날, 조상이라는 개념조차 성립이 되지 않았을 때 어머니라고 하는 사람에게 아이들이 모여서 자랐습니다. 부부라는 개념도 기껏 몇천 년에 불과한 것입니다. 지금 그 경계에 있는지 모릅니다. 새로운 가치관이 자리를 잡는 그 시작이 바로 오늘이 될 수도 있습니다. 모두 미래를 보실 때입니다."

넘겨마 말한다.

"빛나는 사명으로 마누라를 나에게 넘겨."

여우들 말한다.

"옆집으로 이사 가면 돼?"

"앞집도 있어."

"기다려 봐. 뒷집도 있으니까."

P-NP 나타나 말하고 나간다.

"아내의 외도 혹은 부모에게 받은 외상후장애 혹은 허위 전개로 인한 평형감각의 심각한 불균형 상태."

야ŝ7 말한다.

"내 주장이 보편적이지 않다고 해도 비웃을 만큼 가볍다고 생각하지 않습니다."

로또 말한다.

"가정은 단순한 곳이 아닙니다. 사회에 나가기 전 부모에게 사랑을 배우고 다시 그의 아이에게 되돌려주는 안식처입니다. 우리가 미개인에서 벗어난 것도 사랑이 있었기 때문입니다. 가정만큼 큰 행복은 없습니다. 절대 평가 절하해서는 안 됩니다."

눈깍지 말한다.

"우린 모두 행복해야 해요. 두 배로 행복해야 해요. 모두 사랑스럽고 아름다워야 해요."

야ŝ7 말한다.

"맞습니다. 두 배로 행복하지요."

눈깍지 말한다.

"즐거움도 두 배고 사랑도 두 배고. 두 배로 슬퍼서는 안 돼요."

판도라 말한다.

"두 배나 머리가 아프겠네."

판도라 또 말한다.

"부인이 연인을 만나게 된 이유는 많겠지만 사랑을 해서 만났을 거예요. 질투 없는 사랑은 어떤 건가요? 상처를 줄까 봐 괴로워하지는 않을까요? 저는 그 상황이 무섭다고 느껴져요. 아무도 모르는 수컷과 사랑하는 것이 차라리 나을지 몰라요. 당신들 사랑은 짐이 될 거라고 봐요. 감정을 숨겨야 하는 저주요. 님은 사랑을 잘 모르는 것 같아요."

야s7 말한다.

"사랑은 항상 변할 수 있습니다. 지금의 사랑은 사랑을 새롭게 만든다고 봅니다. 잃어버릴 사랑을 되찾는 느낌이라 할까요. 부부 관계도 더욱 좋아지고 있습니다. 님 말씀은 시기하는 마음을 경계하라는 조언으로 보입니다. 만약 그게 문제가 된다면 약간의 규칙이 생기는 것도 좋다고 봅니다."

쮸쮸 말한다.

"암컷에게 질투와 독점이 없으면 사랑도 없어요. 믿음과 신뢰를 말하는 거니까요."

판도라 말한다.

"존중하는 사랑이 어떻게 사랑이 되죠? 그 의미가 궁금해요."

야s7 말한다.

"사랑은 상대를 배려하는 거라고 말하면 될까요? 내 것만을 고집하면 상대의 사랑을 얻지 못합니다. 서로를 배려할 때 사랑은 더 커지는 것 아닐까요."

판도라 말한다.

"틀렸어요. 사랑은 내 것이어요. 그걸 이해 못 하는군요."

눈깍지 말한다.

"맞아, 사랑은 내 거야. 절대 남에게 줄 수는 없어.

그 생각을 하면 슬퍼져요."

야s7 말한다.

"사랑을 소유해야 한다고 말하면 이기심입니다. 처음에도 말했듯이 영혼을 봐야 합니다. 영혼을 시기하고 소유할 수는 없습니다."

판도라 말한다.

"남편 앞에서 그를 사랑으로 바라볼 수 있을까요? 그의 부인은 나를 어떻게 바라볼까요. 나는 사랑을 받고 있을까요? 한마디 말을 할 때마다 눈치가 안 보이나요. 따로 만나고 싶지는 않을까요? 미쳐버리고 싶지 않을까요?"

똥퍼 말한다.

"마누라들 말이야 누구 똥이 더 굵데? 너도 궁금하지? 물어보고 싶지? 나도 궁금하니까 알려줘."

야s7 말한다.

"똥퍼 님, 어떤 술을 드십니까? 소주? 막걸리? 포도주? 양주? 항상 같습니까? 분위기와 장소도 같이 어울려야 하겠지요? 혼자만 취하지 마시고 애인도 기분 좋게 만들어 주세요."

 똥퍼 말한다.

 "너 이제 솔직해지는구나. 맞다. 이것저것 먹은들 다 똥이 되더라. 그 똥 싸려고 지금까지 엉덩이에 힘을 주고 있었어? 이거 무슨 말인지는 아니? 무슨 말인지 모르겠으면 감별사에게 물어봐."

 야s7 말한다.

 "먹는 것이 있으니 배설하는 것은 당연합니다. 똥이 되기 위해서 먹는 것은 아닙니다. 감사하는 마음으로 식사하기를 바랄 뿐입니다."

 야s7 말한다.

 "아내가 연인과 함께 꽃구경을 다녀왔습니다. 그리고 연인이 저에게 보낸 선물이라며 꾸러미를 내놓았습니다. 그 안에 와인과 치즈가 있었습니다. 와인과 치즈를 먹으면서 아내 이야기를 들었습니다. 저도 그의 아내와 갔다 온 연주회에 대해서 말해주었습니다. 아내 얼굴이 복사꽃처럼 화사해 보였습니다."

 여우들 말한다.

"부러운데."

"부러우면 지는 거다."

"부러우면 지는 거 맞아."

도섹가 말한다.

"음, 치즈라. 이거 그게 음부에서…… 새큼한 맛이 샘처럼 솟지. 냄새와 맛에서 일품이거늘 벌써 부러워지려고 하네."

야s7 말한다.

"인습과 체면으로 아내를 몰아세운다면 그건 억압입니다. 행복을 지켜주면 그 행복이 저에게 돌아오는 것을 알 수 있습니다. 쉬운 것도 어려운 이유는 우리가 체면을 중시하기 때문입니다. 저는 위선자가 아닙니다."

야s7 말한다.

"우리 부부는 초대를 받았습니다. 우리는 그가 빌린 호텔로 향했습니다. 제 손에는 그의 아내에게 줄 꽃다발이 있었고 아내 손에 든 바구니에는 샐러드가 담겨 있었습니다. 저는 그의 아내를 꼭 껴안아 주었습니다. 언제 보더라도 우리 아내만큼 아름답더군요. 저도 모르게 키스를 해주었습니다. 그도 뒤질세라 아내에게 키스를 퍼부었습니다. 그는 여행 이야기를, 저도 연주회 이야기를 해주었습니다. 두 여인도 이야기꽃을 피웠습니다. 우리는 술을 마시고 상대를 바꿔가며 춤을 추었습니다. 정말 황홀했습니다. 지금도 그 밤을 잊을 수가 없었습니다. 정말 아름다운 밤이었습니다."

여우들 말한다.

"야설보다 재미있다."

"말보다 인증이 필요해."

로또 말한다.

"나중에 허탈, 절망, 좌절을 어떻게 감당하려는 걸까요. 흥미로만 보이지 않아서 말하는 것입니다."

눈깍지 말한다.

"이혼하면 불쌍해져요. 이혼하지 마세요. 그럼 야s7 말씀도 맞을 것 같아요."

판도라 말한다.

"차라리 굶고 살지."

숨어있는 xxx 여우 말한다.

"제발 멈춰. 멈추고 해."

심거 말한다.

"저도 한 마디. 야s7 님 규칙이 있다면 이미 구속된 것 아닌가요? 그다음 또 다른 규칙은 없나요? 여우 카페에서는 여우처럼 자유롭게 놀았으면 합니다."

감별사 말한다.

"넌 뭐 하는 병신이야, 끼어들게."

똥퍼 말한다.

"애들은 가라. 똥물에 데면 약도 없다."

심거 나간다. 여우들 말한다.

"쟤는 암컷 같지 않니?"

"그게 암컷으로 만든다니까."

로또 말한다.

"이쯤 끝내는 것이 좋으리라 생각합니다. 실제로 얼마나 있겠습니까. 말할수록 중독 현상을 보이고 있습니다. 툴툴 님 가만있으면 안 됩니다."

감별사 말한다.

"야동 보면서 야설은 안 된다는 놈도 병신이야. 쯧쯧"

똥퍼 말한다.

"내버려 둬. 지 똥질 지가 싸는데."

야s7 말한다.

"이브 때문에 에덴에서 쫓겨난 것이 아닙니다. 자연의 섭리가 맞지 않기 때문에 나온 것입니다. 모든 역사는 그렇게 시작되었습니다. 암컷은 자랑해야 합니다. 수컷이 수혜자이니까요."

똥퍼 말한다.

"나는 무지개 똥보다 구린내 나는 똥이 좋아."

녹희산 말한다.

"금세기에 들어와서 암컷의 죄가 갑자기 많아졌더이다. 도솔천(兜率天) 외원(外院)에 계신 남정네 가슴을 태운 죄와 뱀의 혀에 놀아난 이브의 죄가 크더이다. 최초로 죽었어야 야마천(夜摩天)에 들어 염라라도 되련만 무간지옥에서 근근이 허덕이는 우리 암컷에게 죄가 없다 하니 좋은 말씀 감사하매 에덴으로 들어가시는 날 연락을 취해주신다면 머리카락이라도 짚신을 만들어 보겠나이다."

야s7 말한다.

"녹희산 님 감사합니다. 선호(仙狐)가 되신 옥산에게 애도를 표합니다."

여우들 말한다.

"소설 언제 또 써?"

"애독자임. 다음이 궁금해."

"나도 다음, 다음이 궁금해."

"……"

"……"

야s7 말이 처음으로 돌아가고 되돌아와서 점차 끊어지고 있다. 여우들 야s7 지켜보다 지나간다.

나비와 도섹가 서로 말한다.

"얘 이야기는 끝났어?"

"수음하기에는 별로야."

"시간 때우기는 좋을 거야."

"너 같으면 거짓 오르가슴을 질러대는데 시간 내서

들겠냐?"

"끝까지 보고선."

"따분해서 그랬어."

"다시 볼 거야?"

"댓글이 달라지면."

"거봐."

"댓글을 보고 버려진 정의를 찾아내는 거야."

"없으면."

"없는 거지."

"나는 어때?"

"너도 네가 아니거든. 두세 번 정도는 확인이 필요하겠다는 거지."

"그럼 시 한 구절, 한 번만 들어줄래?"

"관둬."

"이건 자발적 오르가슴인데."

나비 주머니에서 말을 꺼내자 도색가 나간다.

나비에게 날개는 있었어

눈이 없어도
수평선 위로 날아

×××

바 어느 구석. 로또 방이 있다. 그래프와 숫자가 나열된 도표들로 벽이 가득하다. 로또 자리에 없고 벽에 남긴 메모는 있다.

「공개하려는 것은 로또입니다. 심심풀이로 보세요. 웃으셔도 됩니다. 모두 대박 나시기를 바랍니다.」

「가정법원에서 나오면서 마지막으로 해장국을 먹었습니다. 언제 또 만날지 눈물이 앞을 가렸습니다. 숨도 못 쉴 그 아픈 기억 때문에 술 먹고 자고 또 일어나면 로또에 매달렸습니다. 먹는 것도 없자 이빨도 빠져나갔습니다. 발기할 기력도 없는 한마디로 폐인입니다. 정신을 차리자 이곳에 있는 나를 보게 되었습니다. 어머니와 아이들이 생각납니다. 어디에 있는지....... 지금도 나를 찾고 있을까요. 남아있는 것은 로또뿐입니다. 그나마 연구한 것이 허사는 아닐지 모르겠습니다.」

로또 표를 띄우고 반복적으로 말을 남긴다.

"8, 27, 29, 36, 41, 42가 나왔군요. 8 반대 수는 이번에 40이고 27 반대 수는 26과 1입니다. 29 반대 수는 5와 7입니다. 36, 41, 42 반대 수는 각각 9, 20, 44입니다. 그럼, 조합을 해 보면......."

로또 방을 찾아온 여우들 말한다.
"대박 없다."
"대박 없다 중에서 있다."
"대박 있다. 나만 빼고."
"대박 있으나 없으나 같다."

"내가 없어지면 돈벼락 맞은 줄 아셈."
"대박 맞은 놈 벼락 맞게 하고 싶어."
"여우 카페 나 괴롭힌 놈들 다 뒤질 줄 알아."

시간이 지나고 로또 말한다.
"남을 믿는 자는 나를 믿어서이고, 남을 못 믿는 자는 나를 못 믿어서 그렇습니다. 여우 카페만은 아니길 바랍니다."

툴툴, 바 안에 있다 고개를 든다. 모두 어둠에 묻혀 있다. 셔츠 주머니에서 말을 꺼낸다.

나는 심장 속에 있다
폐와 공포와 더불어
산소가 바닥을 드러낼 때
그들이 뛰자 그들이
되돌아와 피를 밀고 간다
얼굴이 창백해지도록

흔적을 지우며 밀고 간다

×××

 다른 시간 바 중앙. 도섹가, 판도라, 동방제일검, 눈깍지, 쮸쮸, 남주나, 넘겨마 한자리에 모여 서로 인사한다. 커플링22b 나타나 자리에 앉는다. 모두가 쳐다보자 커플링22b 말한다.
 "섹스하면서 사랑하느냐고 묻는다면 뭘 의미합니까?"
 넘겨마 말한다.
 "신통치 않아서 나한테 넘기라는 소리야."
 동방제일검 말한다.
 "사랑은 자궁에서 하는 거야. 그것 빼면 사랑도 빠지지."
 남주나 말한다.
 "사랑은 넘겨마에게 남 주면 안 된다 이 말이지."

판도라 말한다.

"그건 중요하지 않은 거예요. 마음으로 사랑하고 싶은 거예요. 마음을 안아달라는 소리예요."

눈깍지 말한다.

"전 말할 새가 없어요. 어떻게 할 수가 없어서…… 머리카락을 뜯어요. 눈이 뒤집히는걸요. 그래서…… 노래를 불러요."

잠깐 침묵이 흐른다. 커플링22b 말한다.

"최고의 대답은 깍지 님이 차지할 것 같군요."

판도라 말한다.

"깍지에게 음악을 들려준 거예요?"

쭈쭈 말한다.

"저도 노래라면 다 좋아해요."

커플링22b 말한다.

"사랑한다는 말은 그 순간이 지나면 바람처럼 불안해요. 차라리 태풍에 날려버리는 게 나을 것 같습니다."

판도라 커플링22b 서로 말한다.

"깍지에게 보낸 것이냐고요? 대답해 보세요. 어떻게,

어떻게 저 말고 다른...... 보낼 생각을 했냐는 거예요. 말해 보세요."

"모두에게 보냈습니다."

"깍지에게 보냈으면서...... 거짓말까지 하시니 불쾌해요. 정말 기분 나빠요."

"저는 화음을 말하려 했던 것입니다."

"어떻게 그럴 수 있어요. 저랑 같이 노래를 들으면서 그 순간에, 그 순간에 어떻게 깍지에게 보낼 수 있어요."

"화음은 순수해야 합니다. 말하자면 공감과 같죠."

"공감이라고요? 머리카락이나 뜯기세요."

판도라 나간다. 남주나 한마디하고 나간다.

"난, 판도라 쫓아가야겠다."

눈깍지 말한다.

"머리카락을 다 뽑지는 않아요."

동방제일검 말한다.

"22b, 판도라 쫓아내고 그래."

커플링22b 말한다.

"저도 종잡을 수 없습니다. 사랑하자고 하면 덜 빠진

놈이고 섹스하자고 하면 얼빠진 놈 취급하는 것 같습니다. 이야기하는 저도 바보 같다는 생각이 듭니다. 그리고 이런 상황들이 뭐 대단합니까. 생각하기 나름인데……"

넘겨마 말한다.

"인간과 같아도 문제요, 달라도 문제는 문제지."

커플링22b 말한다.

"'섹시하다, 황홀하다, 감동이다, 뿅 갔다.'란 말들이 더 각광받고 있습니다. 사랑이란 말이 가식처럼 느껴지니 제가 문제입니까?"

눈깍지 말한다.

"22b 님 아름다운 세상인데 복잡하게 생각해서 그래요."

숨어있는 xxx 여우 말한다.

"모두 틀렸어. 모두 속고 있어. 시간은 느려지고 공간도 축소되고 있어서 아무도 몰라."

동방제일검 말한다.

"입에 양기만 가득하니 끓는 물 속에 저 죽을 줄도

모르고 입 큰 개구리로만 살아서 그래."

남주나 나타난다. 커플링22b 말한다.

"판도라 님은……"

남주나 말한다.

"소란 떨면 오게 되어있어."

동방제일검 말한다.

"이건 내 추측인데, 지금 경제가 나쁘지? 사냥꾼이 찾아올 거야. 소문이 나쁘게 돌면 여우들 소행이라고 떠드는 거지. 그 원인이 자기에게 있다고 말을 안 해. 왜냐고? 인간이기 때문이야. 안 그래? 나 오늘따라 말 잘하지. 이거 여우들이 모두 들어야 하는데."

쮸쮸 말한다.

"욕이나 먹지 마세요."

넘겨마 말한다.

"우리가 조심해야 해. 그래야 사냥꾼이 오지 않지."

커플링22b 말한다.

"사냥꾼이 있어야 합니까? 없어도 되는 것 아닙니까?"

바 안에 있는 툴툴 고개를 든다.

"밀고자가 있어서 사냥꾼이 들어왔습니다. 대응 방법이란 여러분의 뜻에 달려있습니다."

툴툴 고개를 숙인다. 넘겨마 말한다.

"글쎄, 사냥꾼? 누구를 원해?"

눈깍지 말한다.

"저는 죽은 듯이 있어요."

남주나 혼자 말한다.

"오른손은 왼손이 통제한다. 오른손을 응징하는 왼손이 있기 때문에 자위가 가능하다. 오른손이 하는 일을 잊어버렸다면……. 왼손은 사냥꾼과 뭐가 다르지?"

커플링22b 말한다.

"사냥꾼이 사냥한다고 해서 더 나아지는 것도 아닙니다. 소중한 기억 하나를 죽이는 것 이외에 뭐가 있겠습니까. 잃을 친구가 있다는 건 가슴 아픈 일이긴 하지만요."

넘겨마 반복해서 말한다.

"사냥꾼은 누굴 원할까?"

"사냥꾼은 누굴 원할까?"

동방제일검 넘겨마 서로 말한다.

"사냥꾼이 원하는 놈은 살아있는 여우이지."

"난 살아있는 여우가 아냐."

"네가 살아있는 여우라고 툴툴이 말한다면 어떻게 될까 정의하는 중이었어."

"엉뚱한 여우 잡지 마."

남주나 말한다.

"이렇게 말하는 순간에도 불안해. 몰카 CCTV 감시탑 GPS 기록 성적표 근무 평가 카드...... 그것들이 전부 범상치 않아. 나? 유치원도 다녔어. 알건 다 안다고. 지금도 겁이나. 이놈은 이래서 죄를 짓고, 저놈은 저래서 죄를 짓는다고 세세히 알려주니 불안해서 살 수 있겠어? 정말 불안해. 더군다나 여기는...... 여기는 죄목도 난해해. 사냥꾼은 알잖아. 내가 무슨 죄를 지었는지 사냥꾼은 알잖아. 사냥꾼에게 잡혀가면...... 여기 온 이유도 알고, 그럼 마음은 편하지 않을까? 죄는 없지만...... 알 수 없는 고통이 뭔지는 알려주잖아."

커플링22b 말한다.

"우리도 모르는 죄를 사냥꾼이 어떻게 압니까."

넘겨마 말한다.

"다 안다니까. 나보다 더 잘 알게 만들어."

동방제일검 말한다.

"너, 굿거리장단 살풀이장단을 오가며 지랄 떠는 통에 하늘이 무너지겠다. 차라리 들어오지 마!"

나비 나타나 말한다.

"무슨 말이야? 빨리 말해줘. 지금 도섹가에게 가야 한단 말이야."

도섹가 말한다.

"나 여기 있어."

나비와 도섹가 서로 말한다.

"여기는 며칠이야?"

"아무 데나 삽질하면 돼."

"그럼 못 본 것으로 하자고. 아참, 무슨 이야기 하는 중이야?"

"사냥꾼 이야기. 지금이 그때야."

"사냥꾼 이야기 지나간 것 아니야?"

"돌고 돌지. 끝난 이야기는 없어."

"지금 시작했다면 끝이 난 거야. 들으나 마나야."

"그때마다 달라서 몰라."

"그게 다 과거거든. 결론도 없어. 그리고 여기서는 조금이라도 앞에조차 나서서 말하는 것을 용납하지 않아. 누구도 그런 적이 없어. 나 바빠서 간다."

나비 나간다. 눈깍지 말한다.

"넘기라고…… 넘겨마 님이 있잖아요. 정말 그래요?"

넘겨마 말한다.

"깍지야 너니?"

남주나 말한다.

"넘겨마는 나와 함께 해."

여우들 말한다.

"넘겨마야?"

일부 여우들 노래한다.

뒤쫓는 여우 위로, 서 있는 달님
하지만 그건 내가 아니래

짝짓는 여우 아래, 돌아선 인간

하지만 그건 내가 아니래

×××

바 중앙. 바텐 안에 툴툴, 스탠드에 쮸쮸, 커플링22b, 판도라, 동방제일검, 눈깍지, 남주나, 넘겨마, 똥퍼, 로또, 감별사가 모여 있다. 어딘지 모를 곳에 나비와 도섹가도 있다.

툴툴, 그가 손을 들자 천정에 불꽃이 핀다. 툴툴 솔로 오른쪽 스크린을 털어 어둠을 걷어내고 잠깐 멈추었다가 주머니에서 말을 꺼낸다. 여우들 쳐다본다.

심장에서 왔다

그가 우리의 모두이며

모두가 아닌 시선은 없고

마음에 눈이 소멸하는데도
시간의 조각으로 갈라져
심장을 향한다

툴툴 말한다.
"몇몇 불안해하는 여우를 위해 말씀드립니다. 상황이 변해 사냥꾼은 오지 않습니다. 하지만……."
툴툴 말한다.
"우리는 사냥꾼으로부터 살아남았습니다. 지금은 약육강식의 시대입니다. 그들이 총을 가졌다 하여도 법은 존재합니다. 그리고 살아남는 종이야말로 더 강한 종족입니다. 과연 누가 살아남을까요. 우리는 어떤 동물이 먼저 멸종되는지 알고 있습니다."
툴툴 말한다.
"사냥꾼의 역사가 아닙니다. 약자의 역사, 모여든 대중의 역사입니다. 역사는 다수의 편이기 때문입니다. 우리가 뭉치면, 그들은 더 이상 사냥꾼이 아니며, 부산물이나 챙기는 청소부일 뿐입니다. 우리에게 필요한 것은 정화입니다."

넘겨마 말한다.

"젠장, 깍지 사진 사냥꾼에게 넘겨주자. 그럼 잠잠해질 거야."

눈깍지 말한다.

"갑자기요? 제가 미워서 그래요?"

넘겨마 말한다.

"사냥꾼을 잠재우기에는 깍지만 한 여우 없잖아."

동방제일검 말한다.

"오늘의 책임은 넘겨마에게도 있어."

넘겨마 말한다.

"그래서 날 넘기고...... 싶은 거야?"

남주나 주머니에서 말을 꺼내 혼자 본다.

내게 거짓말을 남겨

그래 네 모습이 보이잖아

아픔은 스며들고

내게 거짓말을 넘겨

그래 네 사랑일 수 있어

동방제일검 말한다.
"그렇다는 소리야."
감별사 말한다.
"내가 감별해 주지. 음-."
남주나 말한다.
"넘겨마 나에게 넘겨서 남주나."
넘겨마 나가려다 멈추고 말한다.
"남주나, 너 이런다고 관심이 있을 것 같아."
남주나 넘겨마 서로 말한다.
"미안해, 해명할 기회가 필요해."
"왜?"
"미안해, 둘만의 시간이 필요해."
"왜?"
남주나 혼자 말한다.
"그뿐이야."
툴툴 말한다.

"에덴에서 쫓겨나자 인간이 한 일이란 아들을 잡아 신에게 제물로 주었다는 것입니다. 자신의 종족이 최고의 제물인 것은 당연하며 자신이 누구라는 것을 알게 만들어 주었습니다. 우리도 마찬가지입니다. 우리는 끊임없이 법에 굴복하여 자신을 바칩니다. 굴복과 제물들이 쌓이면 그들은 나태해지고, 멸망하게 되어있습니다. 그렇게 만들어야 하고 우리가 해야 할 일이 있다는 것입니다."

P-NP 나타나 말하고 나간다.

"그날까지 투쟁, 건투, 비트코인 만세! 포인트 만세! 여우 만세!"

동방제일검 말한다.

"사냥할 때는 미끼를 주는 법이야."

눈깍지 말한다.

"이상하네요? 우리도 사냥꾼을 사냥하는 거예요?"

감별사 말한다.

"고양이 목의 방울이지. 쯧쯧."

P-NP 나타나 말한다.

"여기는 여우 캡슐임. 우리는 인간이 언급할 수 없는 시간대로 거슬러 감. 우리만이 인간의 약점을 가지고 있음. 여우 카페가 튜닝 캡슐이라는 점. 이만."

어떤 여우가 나타나 말한다. 이름은 미녀다.

"오빠 나야. 그동안 뭐 했어?"

일부 여우들 미녀 밑으로 모인다. P-NP 나간다. 툴툴 여우들에게 말한다.

"여러분들이 동의해 주셨습니다. 동참하지 않은 분들은, 그분들로 인해 우리가 위험에 처해있다는 것을 명심해 주시기 바랍니다. 그리고 더 이상 모두를 위험에 빠뜨리는 행위는 삼가하시기 바랍니다."

숨어있는 xxx 여우 말한다.

"곧 끝나. 너희들이 멈추기 위해 다가가고 있어."

커플링22b 말한다.

"따라 하는 것도 슬프고 여기에 있는 것도 슬픕니다."

동방제일검 말한다.

"만물에 혼백(魂魄)이 합쳐져서 이루는 이치와 같이 혼(魂)이 머물지 못해 떠도는 여우가 많아. 사냥꾼에게 보내는 것도 타당하지. 나도 찬성이오."

로또 말한다.

"여기서야 웃어보는 행운이라도 있지. 내가 뽑혀도 이상할 것이 없습니다."

눈깍지 말한다.

"나도 알 수 있게 말해주지 않으면 슬퍼할 거예요."

카플링22b 말한다.

"맞습니다. 기권해야겠습니다."

판도라 말한다.

"아주 깍지 옆에 붙어사시네요. 이참이 좋겠어요. 찬성이에요."

툴툴 말한다.

"그럼 됐습니다. 인간이나 살아있는 여우를 모실 때인 것 같습니다."

동방제일검 말한다.

"신돈의 정력이 절륜하나 개나 독수리를 보기만 하면 몸을 움츠러드는 것은 여우이기 때문이고, 밀본법사에게 죽은 여우는 꼬리가 아홉이 아니라서 그렇고,

비형에게 죽은 여우 길달은 홍륜사 누문에 누워 도 닭기를 게을리해서 그런 거지. 22b도 정진하면 내 말이 무슨 말인지 알 거야."

나비와 도섹가 서로 말한다.
"너를 찾으려고 했던 것은 아니야."
"그랬다는 거지."
"단지 우리의 관계를 알고 싶었어."
"너에게는 우리고 나에게는 기억이라 말해도 돼?"
"맞는다고 할게."
"항상 다르니까 괜찮다 이거지?"
"정의하는 거야?"
"네가 그렇게 만들었어."
"그럼 다시 시작할까?"
"이상하지도 않잖아."
"좋아."
"좋아."
"어디 있었어?"

"나 찾은 거야."

"아니."

"왜?"

"왜 찾는지 잊어버렸어."

"잊은 이유가 있을 거 아니야?"

"사냥꾼일 거야."

"누가."

"사냥꾼이라고 하면 사냥꾼이지."

"침묵할까?"

"모든 것이 사소한 것처럼 보여도 계속 보면 정의가 보이기 시작한다는 거야. 이유가 뭐겠어."

"지겹지 않지."

"어긋나게 할수록 정의는 복잡해지고 덜 지루하잖아."

"말하지 말자."

시간이 바뀌고 여우들 앞에서 툴툴 말한다.

"사냥꾼이 지나갈 겁니다. 카페가 당분간 중지될지도 모르며, 그렇다고 멈추지는 않을 겁니다. 그리고 사냥꾼이 이름을 불러도 대답하지 않으면 됩니다. 절대 응답하지 마십시오."

나비와 도섹가 서로 말한다.
"넌?"
"끝을 모르면 불행해."
"섬뜩해진다."
"최종 한마디가 첫 마디 입을 막고 있어. 어디든 한 발 앞서 있어야 해. 그럼 정의할 수 없어."
"말을 시켜볼까?"
"그래 '당신이 말할 때입니다.'라고 아무에게나 묻는 거야."
"우린 그냥 말하지."
"그래 말이 말로 된다면 인간일 경우야."

쥬쥬 말한다.
"당분간 숨어야 해요?"
감별사 말한다.

"내 가만있으려고 했다만 짓거리가 하도 가소로워 말하게 만드는구나. 너희들이 이름을 가지고 태어난 줄 아냐? 무덤에 가봐라. 개똥이, 소똥이뿐이지. 어디 그게 본연의 이름이라더냐. 불러줄 때 제 이름인 줄 알고 개처럼 멍멍 짖을 뿐이다. 쯧쯧! 하늘을 보고 침이나 뱉는 놈들."

통퍼와 감별사 서로 말한다.

"감별사!"

"이름 부르지 말라니까."

"겁 많기는."

여우들 말한다.

"닉네임은 자존심."

"미친 존재감."

"우울한 짱박이."

감별사 말한다.

"얼굴 없는 자존심이 지랄하네. 쯧쯧."

숨어있는 xxx 여우 말한다.

"제발 멈춰. 너희들은 허상이야. 무엇을 해도 안 돼.

허상을 만들 뿐이야."

똥퍼 말한다.

"대구하지 마. 엉덩이 까고 진지한 척하는 거야."

여우들 말한다.

"인간이라고 말하면 여우라도 몰라."

"여우라고 말하면 인간이라고 해도 이상해."

커플링22b 말하고 나간다.

"제가 변질되지는 않을까 두렵습니다."

판도라 말하고 나간다.

"도저히 못 보겠어. 나 찾지 마세요. 알았어요?"

여우들 모여서 노래한다.

회전목마에 앉았어

여우 입장이 바뀐 게 보여?

금방 볼 걸 알면서

모두에게 이별했지

음, 화려해, 몰라라 웃어

지금 내리면 바보야

우리 서로 즐거운 줄
전부터 알아버렸으니까
이제 어쩔 수 없어
그러려고 손을 흔들었잖아

나비와 도섹가 서로 말한다.
"안 되겠다. 빠질래."
"네가 빠지면 재미없어."
"하긴."
"그래."

어떤 여우 나타나 말한다.
"나도 한마디하고 가겠어. 나도 한때는 잘 나갔어. 내가 원하지 않았는데도 최고가 되어있었어. 그래 놓고 사냥꾼 온다고 패대기쳤어. 비참해지는 날 보며 즐거워했지. 여기 잘난 여우들! 지금 너희들이 하는 짓이 뭔지 알아?"
여우들 나간다. 남은 여우들 노래한다.

아무리 이야기를 해봐도
여우에게는 해가 없었어
차라리 사냥꾼을 불러오자
매 맞는 마음이 편할 거야

나비와 도섹가 서로 말한다.
"이제 재미없다."
"그래, 쓸데없는 이야기만 했어."
"근데, 여기가 어디지?"
"언제야……?"
"……"
"……"
"뭔지 모르면 여우짓이지."
"뭔지 몰라도 분명한 것은 그것을 알게 된다는 거야."
"시작은 투망에 지니지 않는 거니까 던지자고."
"결과는 만들어지는 거고."

남은 여우들 말한다.

"살아있는 여우를 잡자."

"사냥개를 앞에 내세우고."

넘겨마 말한다.

"어떻게 돌아가는지. 혼란스러워 말을 못하겠어."

툴툴 말한다.

"천천히, 천천히 내 손을 따라가세요. 저기, 저기 살아있는 여우입니다."

여우들 말한다.

"어디?"

"어디, 어디 보여?"

"보인다고 말하는 거야."

"보인다고 말해야 안전해."

"손가락을 통일해."

"방향을 맞춰."

"저기, 저기, 저기."

남주나 말한다.

"박제잖아."

동방제일검 말한다.

"맞아. 혼이 빠졌어?"

눈깍지 말한다.

"셀럽이에요?"

툴툴 말한다.

"빨리 찍으세요."

여우들 급하게 말한다.

"눈깍지를 넘기자."

"감별사를 넘기자."

"똥퍼를 넘기자."

"남주나를 넘기자."

"넘겨, 넘겨, 넘겨."

"넘겨마 넘겨, 넘겨마를 넘기자."

"넘겨, 넘겨, 넘겨. 창밖으로 넘겨."

넘겨마 당황해서 말한다.

"남주나 있잖아."

여우들 주위를 둘러본다.

"그래 넘겨서 남주나."

"남주, 남주, 남주…… 넘겨서 남주나."

"음률이 안 맞잖아."

남주나 말한다.

"우린 한 쌍이 됐어."

여우들 말한다.

"다시."

"다시 넘겨, 넘겨, 넘겨. 창밖으로 넘겨."

"넘겨, 넘겨, 넘겨. 창밖으로 넘겨."

남주나 앞으로 나선다.

"내가 선창할게."

여우들 합창한다. 넘겨마 방해한다.

넘겨, 넘겨, 넘겨. 창밖으로 넘겨

산-체로 넘겨

두-고 봐라 여우들아!

넘겨, 넘겨, 넘겨. 눈 밖으로 넘겨

발가벗겨 넘겨

두-눈 뜨고 못 간다!

넘겨, 넘겨, 넘겨. 꿈 밖으로 넘겨

꿈을 깨워 넘겨
모-두 깨우고 말 테다!

남주나 혼자 중얼거린다.
"넘겨, 넘겨, 넘겨. 손안에 넘겨~. 발가벗겨 넘겨~. 침대 위로 넘겨."

나비와 도색가 서로 말한다.
"이 짓도 지겹다."
"그래, 나도 지루하다."
"진지해도 헛소리로 들려."
"좋아, 정의되는 대로 말할게. 음, 뭘까? 그래. 목소리가 있었어. 맑고 깨끗한 소리. 영롱하고 몇 옥타브 높은 소리. 그런 소리를 들으면 피가 깨끗해지고 정신이 상큼해. 그때가 요리할 때야. 내가 만든 요리를 먹일 때는 더했지. '오빠 뭐예요? 오빠 거예요!' 하고 목소리를 높이는 거지. 요리만큼은 자신이 있어서 뭐든 만들어 먹였어. 가끔은…… 가끔마다 비명소리를 듣게 되는데 번개처럼 전율이 스쳐 가는 거야. 그런데 그 귀여운 새가 어느 날은, 어느 날에 정색을 하며 절교를 선언했어. 말도 안 되는 소리를 하는 거야. 가슴이 두근거리고 불안해서 도저히 만날 수 없다고. 그런 말을 하면서도 목소리가 아름다웠어. 나를 위해 새처럼 지저귀면서 헤어져야 한다고 말하면 그 말을 이해할 수 있겠어? 며칠 몇 달을 따라다녔지. 나를 배반한 그 웃음소리 있잖아. 그 소리를 들으려고."

"정신 나간 짓 했군."

"너도 해봐."

"알 수 없는 영혼이 있지? 난 그 영혼이야. 공룡이라면 다리나 팔쯤 하나를, 나무라면 줄기 어디쯤, 바람이라면 갈기갈기 풀어진 실타래로 이리저리 날아다녔을 거야. 무엇을 보던 그들 영혼에 친밀감이 들어. 너를 보든 별을 보든, 우리가 알지 못하는 생명체까지도 나의 영혼이 머물렀던 것 같아. 너에게도 나의 영혼이 있어. 그런데 연인이 이러는 거야, 섹스가 없으면 연인이 아니라는 거야. 섹스를 해야 교감이 생길까. 영혼에는 사랑이 없는 걸까? 그럴까? 섹스가 아니면 영혼을 죽여 버릴까? 넌 죽어서 도색가가 되고 난 나비가 된 걸까. 웃기지?"

바를 벗어난 아무도 없는 곳. 툴툴 혼자 말한다.
"봐도 봐도 모르겠어……. 묻혀 가겠어. 수많은 번복 또 번복. 아니, 현재 여기 저 원에서 끝까지 남아있는 한 점, 무한소수였으면 좋겠어. 점의 영원성이라니. 꿈이라도 만들까. 아니야. 그다음은? 아니, 언제부터일까. 언제부터 여기에, 과연 여기에 있었을까. 그것을 안다. 이건 부당한…… 침묵……. 잘한 일일까?"

나비와 도색가 서로 말한다.
"다 웃었어?"
"비웃으라고 했던 이야기는 아냐."
"그래, 비웃으라고."
"웃으려고 잊기도 할 걸."
"잊어야 이야기가 새롭게 되지."

"우리가 모른 척해야 할까?"

"아는 척해도 모르는 것은 마찬가지야."

"언젠가는."

"언제라도."

"정의를 낼까?"

"왜 정의해야 하는데."

"이거라도."

"알지도 못할 텐데."

"누군가 도움은 될 거야."

"비웃어 주겠지."

×××

바 어느 자리. 나비와 도섹가 P-NP 방으로 간다. P-NP 노래 부른다.

"스머프 좆만 한~ 좆만 한 스머프~."

어떤 여우가 나타나 말한다. 이름은 미녀다.

"오빠 나야. 나 미녀야!"

P-NP 미녀 서로 말한다.

"그래, 너 미녀인 줄 안다."

"나에게 관심 없어?"

"알았어. 술 사줄게. 나와."

"오늘 대박이다!"

P-NP 미녀 나간다. 바에 새로 나타난 홀로그램 P-NP가 나비와 도섹가를 보고 말한다.

"나비 님, 섹가 님 오래간만. 뭐, 카타르시스나 해소."

나비와 도섹가 홀로그램을 보며 서로 말한다.

"너?"

"지난번 봤잖아."

"네가 모르는 우리라고 우겨서 다시 보려고."

"믿을 수도 없고 정체성이 헷갈려서 싫어."

"그래, 보지 않으면 비밀이 될 거야."

"다 아는 비밀도 있어야지."

"그럼 누구 비밀로 할까. 옥산?"

"죽은 여우는 몰라도 돼."

"그럼 죽은 자를 추모하는 자는 어때?"

"맞아, 필요한 기억만 남지."

"그래 기억도 맞춤이 좋아."

"그렇지. 죽은 자보다 더 잘 아는 여우로."

"각각 다르지만."

"결국 달라지지만."

나비와 도섹가 홀로그램 P-NP에게 묻는다.

"녹희산 님은?"

"음, 잘나가는 논객임. 연구 중."

"P-NP 님 정체는?"

"찾아보셈."

"그럼 둘과 둘 사이는?"

"버그나도 알아서 들으셈."

홀로그램 P-NP 혼자 노래 부른다.

"여우야, 여우야, 뭐 하니 뭐 하니. 람보, 람보, 람보.

짝짓는 스머프 뒤쫓는 가가멜. 여우야, 여우야, 뭐 하니? 이리 박고 저리 박고, 치치올리나라~ 치치올리나라~. 람보 치고, 스머프 박고, 가가멜 쑤시고, 엑터시스, 엑터시스. 다시 한번 힘차게. 피오나 피맛골 피조개, 스머프 좆만 한 좆만 한 스머프, 치치올리나라~ 치치올리나라~."

홀로그램 P-NP 주머니에서 사진과 말을 꺼낸다.

"녹희산 신상. 그녀는 자주 듀안 마이클의 사진을 언급함. 그 정보 사진. 사진이 뚱뚱하게 나와 마음이 들지 않았다는 고백. 피사체 중 침대에 누워있는 남녀 사진에 주목하게 되었음. 그녀는 염탐을 인지하고 나에게 통보. 가랑이 벌린 이야기나 수컷이 가랑이에 총 쏘신 이야기가 재미있었냐고 반문함. 순간 내가 낚였음을 직감. 이런 행위가 듀안 마이클의 시퀀스였음을 뒤늦게 파악. 지금 다시 봐도 시퀀스 진행 중."

홀로그램 P-NP 주머니에서 사진과 말을 꺼낸다.

"피겨 퀸이 세헤라자데로 꿈의 200점 돌파했을 때 모든 인간들을 바라보던 눈빛, 잊지 못함. 그 노래 감탄함. 바로 분석 들어감. 녹희산 세헤라자데가 해피엔딩이라서 좋다고 함. 이유, 떡을 치든 안 치든 침대에서 아침을 볼 수가 있어서. 그건 나도 앎. 천 일 동안 괴롭혔으니까. 야! 정력 끝내준다. 녹희산의 희망사항. 겨울보다 가을이, 가을보다 여름이, 여름보다 봄의 밤하늘을 보고 싶다고 함. 계절이 역순. 나이를 두려워함. 3년 전에 친 떡이 더 찰진 것은 사실. 3년이 지나서 친 떡은 떡도 아님. 녹희산 이야기를 듣고 나도 센티멘털하게 됨. 춥고 배고픈 어느 날 기아에 허덕여 허겁지겁 햄버거 먹다가 멈추게 만든 노래가 생각남. 눈물 없는 빵을 먹어보지 않고 인생을 뭐 그런 거임."

홀로그램 P-NP 주머니에서 사진과 말을 꺼낸다.

"녹희산 그녀의 전공은 손으로 만지는 악기. 뭐가 있지? 매우 다양함. 뭐 국제적으로 논다니까. 문득 '작은 거위'가 생각남. 모르는 게 약임. 절실. 사실 알아도 그만. 생각해 보니 작은 거위는 녹희산과 전혀 어울리지 않음. 녹희산이 내 신상을 털려고 함. 나도 조심."

홀로그램 P-NP 주머니에서 말을 꺼낸다.

"스머프 좆만 한~ 좆만 한 스머프~. 미안. 나도 모르게 습관이 되어서. 녹희산에게 좆만 한 스머프가 있었음. 좆도 스머프? 생각 중. 농담 삼아 스머프를 잊지 못한다고 하니 작지만 내 거라도 줄까? 하긴 인간마다 사랑하는 방법이 다르니 사랑받는 방법도 달라지겠지. 청순하게 요염하게 가련하게 창녀처럼. 사랑하는 대로 그렇게 해준다는데 앞뒤가 맞나? 사실 암컷에게 최초의 직업으로 내려 주었잖아. 무녀하고 겸직했으니 신성한 직업이었을 것은 틀림없고 격식을 갖추지 못하면 엄두도 못 냈을 것임. 하긴 여우 카페서야 뭔들 못 되겠어. 암컷과 날개를 펴는 폼 맨 디카프리오 스머프가 부러움."

홀로그램 P-NP 주머니에서 말을 꺼낸다.

"녹희산이 쓴 글 하나."

내가 첫 피를 내릴 때
링 위에서는 천둥처럼
핸더슨이 피를 토했지
그의 피는 내 피와 섞여
펀치마다 오르가슴이 터졌어

어머, 아직 끝나지 않았어
자궁 문이 열리고
지옥으로 잡아 오면
축배의 너와 내 피
피의 향연은 계속될 거야

"녹희산이 말했음. 스머프 잃고 쓰린 속을 달래는 중이라고 함. 옥산이 같이 울자고 함. 옥산의 멘토는 신의 경지. 근데 옥산이 언제 선호(仙狐)가 되었지? 전인가 후인가 아는 이? 음, 하나 더. 녹희산이 오픈 메리지 논객 야s7에게 한 말이 있음. 그녀도 일처다부제를 꿈꾼다고. 나? 좆만 한 스머프가 아무리 많아도 좆만 해서 상상이 안 됨."

홀로그램 P-NP 주머니에서 말을 꺼낸다.

"나도 한번 녹희산에게 접근했음. 옥산과 비교해 보기 바람. 글루미 선데이 한 장면을 인용 '스머프는 나이를 먹지 않아요. 하지만 섹스할 때는 스머프 좆만 한 좆만 한 스프를 핥지요.'라고 했음. 웃기지 않아? 이게 내 사랑 방식임. 녹희산 답장. 가랑이 사정을 알고 싶은 것은 수컷들의 경쟁심. 가랑이에 권총을 들이밀고 싶은 건 수컷들의 패배감. 벌려줬다 하면 드러내는 수컷들의 헛된 우월감. 나도 밑에서 깔린 기분임. 근데 총

하고 원수졌나? 여성 상위시대."

홀로그램 P-NP 주머니에서 사진과 말을 꺼낸다.

"녹희산 사랑 이야기. 타국에서 청춘을 음악과 씨름하며 지내다가 귀국했음. 이유. 평소에 관심도 없었던 수컷이 갑자기 나타났다가 멋진 뒷모습만 보이고 돌아감. 자존심에 상처? 그가 격투기 스머프였음. 그를 어떻게 만났게? 그냥이라고 말하면 녹희산에게 자존심이 상하겠지? 녹희산 음악에 미쳐 다운타운을 정신없이 거리를 헤맸던 것임. 봄·여름·가을·겨울이 다르고, 날씨 따라 다르고, 남녀노소 따라 다르고, 도시마다 다르고, 길마다 다르고, 신발에 따라 다르고, 기분에 따라 달랐음. 쓰레기를 밟을 때도 달랐음. 어떤 영감이 있었던 거야. 나는 쓰레기들로 보이지만. 그때 녹희산이 밟은 포스터가 있었다고 함. 근데 소리가 나지 않았던 것임. 그래서 짓밟다가 눈에 들어온 것이 격투기 포스터였음. 녹희산 자기에게 짓밟힌 격투기 선수를 보러

갔음. 왜? 왜 했겠어. 음악이나 한다는 자부심에서 듣지 못했던 내면의 소리나 들으려고 했겠지. 그때 링 위에서 터지는 피의 축제를 보고 격투기 스머프들의 야성을 알아낸 것임. 일단 링 위에서 멋지게 포효하잖아. 그 울부짖음이 마치 사자와 같았을걸. 여심을 마구 흔들어 놓는데 평생 그렇게 든든한 소리를 들은 적이 있겠어? 그보다 멋진 소리 있으면 나오라고 해. 하여간 정말 더 박력 있는 녹희산. 그를 쫓아다니며 가슴에 소리를 담음. 거기서 님을 찾는 노래."

히트호른에서 온 사람을 만나 물어보니
우리 님은 링 위에 계신다고 하더군요

"암컷이란 그래. 필이 꽂히면 정신없음. 비극의 환희가 시작하는 길이자 늪. 나이가 있으나 없으나 영원히 어리고 여린 마음. 그때를 애걸. 그때를?"

그대 눈빛이 아니라

모든 것이 아니 오직 그리고 그냥

아니라고 해도

아니라고 해도 보고 싶을 뿐

"그 격투기 스머프가 죽어라 싸우기만 하는데 암컷을 어찌 알겠어. 참, 이 스머프는 인상만 우락부락한 삼류였음. 그때 이야기. '그가 날리는 펀치마다 같이 했었어. 침대에서 피가 끌어올라 그를 끌어안았다가 링 위에서 쓰러질 때면 가슴을 옥죄이는 아픔을 번갈아 가며 맛보았지. 그게 너무 강렬해서 나도 어쩔 줄 몰랐어.' 하도 맞고, 또 맞고 맞으니까 녹희산이 자기와 링을 두고 하나를 선택하라고 강요. 링 위에서 죽겠다고 떠남. 사실 스머프가 링을 떠나면 인기가 없잖아. 스머프를 한 번 더 죽인다는 걸 몰랐음. 그리고 보란 듯이 다른 암컷으로 갈아탔겠지. 불같은 녹희산. 그런 성질 때문에 사랑했겠지만 그런 성질 때문에 때아닌 결별. 이게 사랑의 묘미. 듣기에도 심심치 않게 만들잖아. 그때부터 스머프와 이별을 반복함. 반복할 때마다 이별의

낭만과 슬픔이 유희가 됨. 녹희산이 침대에서 벗어나지 못했듯이 스머프도 링 위에서 벗어나지 못했던 것임. 수컷이 뭘 알겠어. 몰라. 몸이 부서지고 한이 쌓여야 완성되는 암컷이라는 것을. 허난설헌도 그랬을 거야."

홀로그램 P-NP 주머니에서 말을 꺼낸다.

"녹희산 가시 돋은 밤이 저절로 터졌다고 석류까지는 기다리지 말라고 경고함. 옥산에게는 어떻게 조개를 벌렸을까 궁금."

홀로그램 P-NP 주머니에서 사진과 말을 꺼낸다.

"스머프 좆만 한~ 좆만 한 스머프~. 이 노래를 들으면 안 되는데. 격투기 스머프였잖아. 내 코뼈를 조심해야 함. 색시 놔두고 도망만 다니는 스머프들. 왜냐고? 가가멜이 스프 만들려고 쫓아오니까. 스머프 관심이야 장난 빼면 뭐 있겠어? 스머프를 잊으려고 찾아간 곳이

록키 마운틴. 아하, 녹희산! 정선 고개를 넘는 일은 좆도 아님. 하긴 스머프 좆은 좆도 아니지. 의사 선생이 가지 말라고 말림. 이미 사랑에 죽은 몸 그까짓 하고 도전. 그래서 여우들이 산에서 내려올 때 꼬리가 달라지는 것임. 의사는 말리고 죽어서 내려오면 독해져 스머프 좆만 한 좆을 찾는 녹희산. 인생이 이상함. 갑자기 내 좆을 쳐다보게 됨."

홀로그램 P-NP 주머니에서 사진과 말을 꺼낸다.

"드디어 스머프와 헤어졌다고 함. 녹희산 이야기 하나 더. 스머프와 헤어지고 외로웠던 시간. 그녀는 자동차를 몰았다고 함. 밖은 춥고 어둑해질 무렵 창밖에 물결치는 바다를 발견. 석양의 붉은 물결이 자동차와 같이 흘러감. 어디로? 자궁으로. 거기가 종착역이거든. 모든 것의 시작이자 끝. 허전한 자궁에서부터 본연의 모습을 드러내거든. 처절한 절박감이 붙잡고 있었을 시간. 갑자기 센티멘털에 멘붕. 펑펑 울었다고 했음. 그때를 탄식한 녹희산."

너만 놀랄 수 있다면
돌아와 기억나지 않도록
자궁을 도려내야겠다
그동안 너는 왜 말이 없었니

홀로그램 P-NP 주머니에서 말을 꺼낸다.

"녹희산 수컷들에게 지옥으로 들어가는 문이 자궁이라고 했던 말을 상기하기 바람. 하긴 스머프나 옥산에게 지옥문이었음에 틀림없음. 왜? 결국 녹희산이 녹희산의 수컷으로 만들었을 거니까. 다 좆만 한 스머프 사랑임. 스머프 좆만 한 좆만 한 스머프. 치치올리나라~ 치치올리나라~"

홀로그램 P-NP 주머니에서 말을 꺼낸다.

"근데 옥산은 누구였지? 뉴런 다발이 단절된 기분. 에이, 사냥꾼은 아니겠지. 아 잠깐. 할례할 꺼리도 없는 스머프. 좆도 아닌 좆으로 어떻게 깠지? 그렇다니까. 에잇! 지나는 길에 옥산 메모 하나."

「아름답고 슬픔이란, 나의 것일까?

나는 보고 듣고 느끼고 말한다. 나뿐만 아니라 당신을 봐도 그렇게 느낀다.

저 밑에서 솟구치는 자극이 비록 보이지 않게 들어와 거대하게 휩쓸어 버리고 팽개쳐도 아름답고 슬프다. 그것이 분노이거나 그 외 모든 감정들이 깃들 때도 그러할까 의심해 보았지만 아니다. 그냥 모두 아름답고 슬퍼서 좋았다.

내가 아니라 만들어지고 체계화된 몸이라 것인가.

이제는 무엇을 보든 아름답고 슬프다. 그렇게 느껴주는 내가 있고, 이런 나를 만들고, 이런 모든 것을 전달해야 할 누군가가 있어서 아름답고 슬프다.

그렇구나. 나는 과거, 그보다 먼 과거 누군지 모를 우리가 가진 자극의 답습이며 누군지 모를 미래의 우리에게 전달해야 할 매개체이기도 하구나. 그것이 아름다우며 슬픔인가 보다. 내가 할 수 있는 것이 아니구나.

  지금도 아름답고 슬픔이란 나의 것일까? 아니다. 우리 모두의 것이다.」

홀로그램 P-NP 주머니에서 말을 꺼낸다.

"서글픈 노래나 하자. 스머프 좆만 한 좆만 한 스머프. 치치올리나라~ 치치올리나라~. 여우야, 여우야, 뭐 하니? 람보 치고, 스머프 박고, 가가멜 쑤시고, 엑터시스, 엑터시스. 다시 한번 힘차게. 피오나 피맛골 피조개, 스머프 좆만 한 좆만 한 스머프, 치치올리나라~ 치치올리나라~."

×××

나비와 도섹가 서로 말한다.

"툴툴 잡혀갔대."

"정말?"

"나는 정의된 이야기만 해."

"언제 적 이야기인데?"

"이걸로 또 기억해야 해?"

"새로울 것도 없잖아."

"궁금하면 사냥꾼에게 가서 물어봐."

"네가 그, 여우였지?"

"응? 물을 걸 물어야지 너도?"

"아니, 네가?"

"툴툴이 너와 내가 같은 여우라고 말했대."

"사냥꾼에게? 쮸쮸는?"

"그렇다니까."

"잘됐다. 그럼 사람은 누구야?"

"있잖아 다……."

"그래? 몰라도 사실이잖아."

"맞아."

"잘만 돌아가는데……."
"그거 고민해야 해?"
"고민이라면 고민이지."
"따분해서겠지."
"하긴 그래."

×××

 바 중앙 어느 자리. 나비와 도섹가 스탠드에 앉아있다. 심거 막 들어와 의자에 앉는다. 심거가 하나 달린 꼬리를 자랑한다.
 "있잖아요, 나비 님, 도섹가 님. 나에게 쪽지 보내셨죠? 지금 뭐 하고 계시는 건지 알려줄 수 있어요?"
 나비와 도섹가 말하지 않는다. 여우들 말한다.
 "혼자서도 잘해요."
 "혼자라면 좀비 놀이가 최고지."

"그럼 좀비네."

"좀비 말고 또 없어?"

"추천을 받아봐."

"조회수를 올려."

"엽기 유머 성인 감동 싸움 필요 없고 뜨기만 하면 돼."

"그럼 욕해야 되는데."

심거 말한다.

"별거 없네요. 자위나 하라고요? 낙오자 아니냐고요? 망나니 아니냐고요? 입만 살았다고 말하고 싶은 거죠? 한심하지 않으세요?"

여우들 모여든다. 심거 말한다.

"존경심? 겁? 권능? 상실? 병적 증상? 소름이 돋아요. 어디 당신들 탓입니까. 거기까지만 하세요. 딱 거기까지뿐입니다. 지금부터 창조적인 상상 발휘해 보세요."

여우들 말한다.

"악플을 달아주면 날뛴다니까."

"악플이 없는 것도 문제야?"

"악플이 악플을 만드는 것도 문제야."

심거 말한다.

"나를 욕하는 여우는 그 말에 유혹을 받고 있다는 것을 명심하시기 바랍니다."

나비와 도섹가 서로 말한다.

"제대로 열 받았네."

"꼬리 하나일 때가 그때야."

"한둘이 아니지."

"근데 얘, 기억나는 것 있었어?"

여우들 말한다.

"혓바닥 돌리는 좀비!"

"목구멍 깊은 좀비!"

"가슴 처진 좀비!"

"배꼽 올리는 좀비!"

"항문 빠진 좀비!"

"꿈이 깨진 좀비!"

"리치 구울 좀비!"

"좀비를 여의도로!"

"좀비를 여의도로!"

"좀비를 여의도로!"

여우들 노래한다.

좀비 좀비 좀비! 꿈이 깨진 좀비, 리치 구울 좀비!

좀비 좀비 좀비! 꿈이 깨진 좀비, 리치 구울 좀비!

숨어있는 xxx 여우 말한다.

"소음이 내려와."

심거 말한다.

"저는 마음 심(心), 갈 거(去)를 쓰고 있습니다. 아시겠어요? 상상 그 이상의 자유가 없는 여우에게 저를 소개하겠어요."

여우들 말한다.

"흉내나 내지 마라."

"흉내 내지 않는 여우 어디 있어? 그러니 여우지."

×××

아침.

별과 달이 빛을 잃자 여우 한 마리가 낡은 인터페이스 캡슐 안에서 나온다. 여우는 동튼 하늘을 바라보고 웃는다.

상상 그 이상의 자유

초판 1쇄 인쇄 2025년 06월 18일
초판 1쇄 발행 2025년 06월 25일
지은이 박태민

펴낸이 김양수
펴낸곳 도서출판 맑은샘
출판등록 제2012-000035
주소 경기도 고양시 일산서구 중앙로 1456 서현프라자 604호
전화 031) 906-5006
팩스 031) 906-5079
홈페이지 www.booksam.kr
이메일 okbook1234@naver.com

ISBN 979-11-5778-706-7 (03800)

* 이 책은 저작권법에 의해 보호를 받는 저작물이므로 무단전재와 무단복제를 금지하며, 이 책 내용의 전부 또는 일부를 이용하려면 반드시 저작권자와 도서출판 맑은샘의 서면동의를 받아야 합니다.
* 책값은 뒤표지에 있습니다.
* 파손된 책은 구입처에서 교환해 드립니다.
* 이 도서의 판매 수익금 일부를 한국심장재단에 기부합니다.